Zur Erinnerung
an Deine Konfirmation

Werner + Ursula Göbling.

Othmar Franz Lang

Wenn du verstummst, werde ich sprechen

Jugendroman

Benziger

Der runde, niedrige Tisch stand in einer Mansardenwohnung. Der Raum hatte eine schräge Decke. Über dem Tisch war ein kleines Dachfenster, durch das Licht auf die Tischplatte fiel. Auf der dunkelbraunen Tischplatte lagen drei blaue Scheine. Drei Hunderter. Aufgefächert. So wie ein Spieler seine Karten offenlegt, wenn er glaubt, daß alle Stiche ihm gehören.

«Du hast einmal gesagt, daß du Geld immer brauchen könntest», sagte der Mann im grauen Lodenmantel. Er sagte es wie eine Entschuldigung.

«Natürlich kann ich es brauchen», bestätigte Thomas. «Geld kann ich immer brauchen.»

«Ja, also, da ist es. Ich habe es dir damals versprochen.»

«Ich weiß», sagte Thomas. «Schön, daß du dich daran erinnert hast. Ich dachte, du hättest es längst vergessen.»

«Nein, ich hab es nicht vergessen», sagte der Mann im Lodenmantel, «ich hab oft daran gedacht. Ich hab selber auf das Geld gewartet. Sie lassen sich immer viel Zeit mit dem Zahlen. Heute ist es gekommen.»

«Danke.»

«Ja, dann gehe ich.»

«Moment, die Quittung.»

«Ich brauche keine Quittung.»

«Du kannst es dann aber von der Steuer absetzen.»

«Ich will es nicht von der Steuer absetzen.»

«Aber die Quittung muß ich dir trotzdem geben.»

«Na gut, wenn du mußt, aber ich werfe sie weg.»

«Was du mit der Quittung machst, ist deine Sache.»

«Eben», sagte der Mann, «und ich will es nicht von der Steuer absetzen. Verstehst du? Es wäre dann nicht mehr so viel wert. Ich will es so geben. Von *meinem* Geld, verstehst du?»

«Ich versteh schon», sagte Thomas. «Bist ein guter Kerl.»

«Also», der Mann zerriß die Quittung, reichte Thomas die Hand und ging zur Tür. «Ich will nichts versprechen», sagte er mit der Klinke in der Hand, «aber wenn ich wieder was habe, dann denk ich an dich.»

«Bist ein guter Kerl, danke.»

Der gute Kerl stand noch immer in der Tür. «Ich bin ein bißchen neugierig», entschuldigte er sich. «Ich wüßte gern . . . Was wird mit dem Geld?»

«Ich bringe es auf den Weg», sagte Thomas.

«Und wohin?»

«Von hier nach Frankfurt, von dort nach Nairobi und von Nairobi dann weiter.»

«Wohin weiter?»

«Nach Rhodesien.»

«Und dort kommt es in die richtigen Hände?»

«Ja, es geht an die Frau des Gefangenen. Das garantiere ich.»

«Und es geht nicht verloren?»

«Unser Geld geht nicht verloren.»

«Na dann», sagte der Mann im grauen Lodenmantel und zog die Tür hinter sich zu.

6

Die ganze Französischstunde dachte Claudia an den Brief. Er lag zwischen der letzten Seite des Heftes und der Umschlagseite, zweimal gefaltet.

Es war die letzte Schulstunde, und es hatte einige Aufregung gegeben, weil durch das offene Fenster ein paar Wespen hereingekommen waren. Es war ein warmer Herbst mit vielen Wespen. Und nicht nur Käthe und Angela hatten sich vor den Wespen gefürchtet, auch zwei, drei Jungen. So war das Fenster nun zu. Die Eindringlinge tot.

Kamphaus benutzte den Anlaß, um einiges französisch über die Wespen zu sagen. Über die Wespen und den Wespenstich. «Docteur, j'étais piqué par une guêpe. – Doktor, ich wurde von einer Wespe gestochen.»

«Aussi en France il y a des guêpes. Des guêpes et des médecins. – Auch in Frankreich gibt es Wespen. Wespen und Ärzte.»

Kamphaus stellte eine Scherzfrage: «Was ist der Unterschied zwischen Wespen und Ärzten? – Quelle est la différence entre des guêpes et des médecins?» Die richtige Antwort hieß: «Fast keiner. Beide stechen, nur die Wespen machen es umsonst. – Presque aucune. Tous les deux piquent, seulement les guêpes le font gratuitement.»

«Haha!»

Auch Claudia lachte. Kamphaus hatte es gern, wenn man über seine Späße lachte. Er brauchte das. Er brauchte das Lachen wie sein festes Gehalt und die Aussicht auf eine sichere Pension. Der Mensch lebt nicht vom Brot allein. Nicht einmal Kamphaus.

Claudia drehte eine Strähne ihres langen, blonden Haares um den rechten Zeigefinger und versuchte Kamphaus so anzulächeln, daß er es bemerkte.

Erst als er ihr kurz zugeblinzelt hatte, ließ sie die Strähne fallen, richtete sich auf und strich ihr Haar wieder glatt. Kamphaus mochte langes Haar. Bei Mädchen, versteht sich. Er hatte das ein paarmal in Nebensätzen erwähnt. Bei Jungen mochte er es weniger, und er hatte das früher nicht nur in Nebensätzen erwähnt. Jetzt unterließ er solche Bemerkungen. Offensichtlich hatte er sich damit abgefunden.

Claudia dachte wieder an den Brief. Es war ihr erster Brief. Und sie hoffte, daß keine allzu groben Schnitzer drin waren, denn sie hatte den Brief in Französisch geschrieben.

Dann kam der Gong früher, als sie gedacht hatte. Als hätte irgend jemand ihr zuliebe den Impuls früher ausgelöst.

Das Klassenzimmer war schnell leer. Die anderen schienen sich mehr als sonst beeilt zu haben. Claudia holte den Brief hervor, es war eigentlich nur der Entwurf zu einem Brief, entfaltete das Blatt und ging nach vorn, wo Kamphaus seine Bücher eben in der Mappe verstaut hatte und gehen wollte.

«Hätten Sie einen Augenblick Zeit?» fragte sie mit ihrer hilflosesten Stimme und fügte nach einer Kunstpause hinzu: «Für mich?»

Kamphaus war herumgefahren und lächelte. «Aber immer», sagte er sanft und setzte im etwa gleichen Tonfall nach einer Pause hinzu: «Für Sie.»

«Ich habe hier meinen ersten Brief in Französisch»,

8

gestand sie, «und ich lege Wert darauf, daß er nicht zu grobe Schnitzer enthält, würden Sie . . .»

«Wenn es kein langer Brief ist, dann erledigen wir es gleich hier», schlug Kamphaus vor. «Freut mich für Sie, daß Sie französisch korrespondieren. Vielleicht kommt sogar mal eine Einladung, es ist doch etwas ganz anderes, wenn man im Lande selbst die Sprache . . .»

«Ich fürchte, ich werde auf meinen Brief hin keine Einladung bekommen», sagte Claudia, «soweit werden . . .»

Kamphaus unterbrach sie: «Sie schreiben einer Exzellenz? Nun ja, Hauptsache hoch angefangen. Man kann dann noch immer ein bißchen tiefer gehen. – Oh», sagte er einen Augenblick später, «verzeih den dummen Scherz. Ich habe nicht geahnt, daß du so etwas machst, entschuldige, bitte.»

Er las laut:

Eure Exzellenz,

als Mitglied einer Gruppe von amnesty international habe ich die Aufgabe, den 17jährigen Oberschüler Ahmed Mamoud zu betreuen.

Er gehört zu jener Gruppe von Schülern und Studenten, die zwischen März und Juli vorigen Jahres in das Zivilgefängnis von Casablanca eingeliefert wurden.

Ohne Prozeß werden diese jungen Leute dort seit über einem Jahr wie Kriminelle behandelt und unter schlechten Haftbedingungen gefangengehalten.

Kamphaus machte eine Pause und sah sie merkwürdig an.

«Es sind achtundvierzig», sagte Claudia, «und mein Gefangener hat – wenn überhaupt – nur Flugzettel verteilt.»

«Seltsam», fand Kamphaus. «Ich hätte nie so etwas bei dir vermutet, ich weiß nicht warum. Vielleicht, weil ich weiß, daß du eine Beamtentochter bist. Versteh mich richtig, ein derartiges Engagement habe ich dir nicht recht zugetraut. Weißt du was», schlug er vor, «ich nehme den Brief doch mit. Ich guck ihn mir daheim an.» Er betrachtete sie mit einem leichten Kopfschütteln. «Wie kommst du denn dazu?»

«Durch Thomas», sagte sie. «Sie kennen ihn. Wir blieben mal an einem Informationsstand von amnesty hängen. Eigentlich hatten wir tanzen gehen wollen.»

«Und da hat Thomas dich überredet?» Kamphaus erinnerte sich sehr gut an Thomas. Kritisch und hell, keiner der üblichen Schlagwortdreher. Dazu war er zu originell.

«Nein», Claudia ging zu ihrem Platz zurück, um die Mappe zu holen, «ich habe ihn überredet.»

«Komm», hatte Thomas gesagt, «laß die. Die wickeln dich ein, und dann hängst du mit drin. Komm!»

«Ich will aber wissen, was die machen», hatte sie gerufen und mit dem Fuß aufgestampft.

«Das kann ich dir auch sagen. Die schreiben Briefe an politische Gefangene und schicken Pakete, und hin und wieder protestieren sie, aber das nützt nichts. Es gibt immer mehr politische Gefangene.»

«Sollte man sich nicht gerade deshalb um sie kümmern, weil es immer mehr werden?»

«Ja, aber du lädst dir damit wahnsinnig viel auf, schon rein zeitlich. Und Auslandsporto kostet Geld. Mensch, ich weiß doch Bescheid. Laß es!»

«Ich will es genauer wissen.»

«Ja, und dann bist du begeistert und stimmst zu und hast den ganzen Laden am Hals. Überleg es dir!»

«Ich will wenigstens mit ihnen reden.»

«Und wenn deine erste Begeisterung dahin ist, wer hat es dann am Hals? Wer? Der gute, liebe Thomas wird es schon machen. Verdammt, ich will nicht!»

«Aber ich will», hatte sie gesagt.

«Ich helfe Ihnen gern», sagte Kamphaus, «gerade, weil . . . Nein wirklich. Das kühnste, was ich Ihnen je zugetraut hätte, das wäre die Mitgliedschaft bei einer, bei einer . . .» Kamphaus suchte nach einer passenden Vereinigung «. . . einer Damen-Basketballmannschaft gewesen.»

Eure Exzellenz,

als Mitglied einer Gruppe von amnesty international habe ich die Aufgabe, den 17jährigen Oberschüler Ahmed Mamoud zu betreuen.

Er gehört zu jener Gruppe von Schülern und Studenten, die zwischen März und Juli vorigen Jahres in das Zivilgefängnis von Casablanca eingeliefert wurden. Ohne Prozeß werden diese jungen Leute dort seit über einem Jahr wie Kriminelle behandelt und unter schlechten Haftbedingungen gefangengehalten.

Wie Sie, sehr verehrter Herr Botschafter, sicherlich wissen, verfolgt amnesty international keinerlei politische Ziele (wir betreuen zum Beispiel auch viele Ge-

11

*fangene in der UdSSR), und unsere Gruppe teilt nicht
immer die politischen Überzeugungen der Gefangenen, die sie betreut. Uns ist auch bekannt, daß es solche Vorkommnisse in fast allen Ländern der Welt
gibt.*

*Unser Problem ist es, daß unsere Briefe an Ahmed
Mamoud vom Direktor des Zivilgefängnisses in
Casablanca nicht weitergeleitet wurden. Wir wollen
Ahmed Mamoud nur helfen und ihn in keiner Weise
beeinflussen.*

*Exzellenz, haben Sie die Güte, uns mitteilen zu lassen,
was wir tun können, damit Ahmed Mamoud unsere
Briefe erhält . . .*

Der Mann hockte vor einer Hütte aus rostigem Blech und zeichnete Figuren in den schmutzigen Sand.

«Wir hatten immer weniger», erzählte er, «wir wurden kaum satt. Zuerst hatten wir gedacht, wenn die Franzosen gingen, würden wir mehr Land bekommen. Aber sie gingen, und wir bekamen nichts. Das große Landgut bekam ein hoher Herr aus Rabat. Und es kostete ihn das Schwarze unter dem Fingernagel. Er hatte Geld und noch Maschinen von den Franzosen, und er war gescheiter als wir. Er hatte studiert. Seine Orangen waren schöner und größer. Und er brachte sie billiger auf den Markt. Die unseren sah keiner mehr an. Wir haben sie fast herschenken müssen, um sie loszuwerden. Verstehst du? Fast herschenken.»

«Ich verstehe», sagte Ahmed. «Aber warum seid ihr in diese scheußliche Bidonville gezogen? Warum seid ihr nicht draußen auf dem Land geblieben? Da hättet ihr wenigstens zu essen gehabt.»

Der Alte schüttelte den Kopf. «Den Orangenhain hatte ich nur gepachtet. Als ich ihn zurückgeben mußte, blieb nur ein Streifen unbewässertes Land. Wo hätte ich das Geld hergenommen für Saatgut? Für Hirse oder Mais? Wo hätte ich es hernehmen sollen? Womit hätte ich meinen Ochsen füttern sollen? Wenn der Weg mit dem Esel zum Markt nicht mehr lohnt. ‹Geh in die Stadt›, sagten alle, ‹da findest du Arbeit›.»

«Aber hier gibt es keine Arbeit.»

«Das weiß man immer erst, wenn man hier ist.»

«Und wenn du zurückgehst?»

«Wenn man nicht einmal mehr einen Esel hat?» Der Blick des Alten ging ins Leere.

Einige Meter von ihnen entfernt hockte sich ein kleines Mädchen nieder und ließ ihr Wasser in den glühenden Sand. Dann wischte sie mit ihren Füßen Sand über den feuchten Fleck und lief davon. Es gab viele kleine Kinder in der Bidonville.

«Kannst du lesen oder schreiben?»

Der Alte schüttelte den Kopf.

«Und du willst es auch nicht lernen?»

«Wollen», sagte der Mann. «Sieh meine Hände an. Wie soll ich mit diesen Fingern einen Bleistift halten?»

Ahmed sah die Hände des Alten an. Die Handrücken waren wie altes rauhes Leder. Die Fingernägel, ab und zu mit einem scharfen Messer gekürzt, erinnerten mehr an Tierklauen, an die gestutzten Krallen eines Greifvogels. Ahmed musterte das zerknitterte Gesicht des Alten. Die Augen sagten es genau: Der Mann hatte sich mit allem abgefunden. Allah hatte es so gewollt. Es war nicht zu ändern. Er würde nicht aufstehen und die Hände zu Fäusten ballen.

Ein heißer Windstoß fuhr durch die Bidonville. Er wirbelte Staub hoch, machte die rostigen Blechhütten scheppern und brachte von irgendwoher einen bestialischen Gestank.

14

Hanno wußte nur, daß sie Violet hieß, und daß auf sie Verlaß war. Irgendwann, ganz zu Anfang, hatte sie ihm auch ihren Familiennamen gesagt, aber den hatte er vergessen.

Als er sie in der Halle des Frankfurter Flughafens auf sich zukommen sah, lächelte sie ihr keckes, stubsnasiges Lachen. Ihre türkisfarbene Stewardessen-Uniform passte gut zu ihrer dunklen Haut.

«Wie geht's?» fragte sie auf deutsch. «Hast du wieder etwas für mich?»

«Ich habe dreihundert umgewechselt, mußte noch etwas drauflegen, daß es 125 Dollar wurden. Für die Familie Nkala.»

Er holte die hundertfünfundzwanzig Dollar aus der linken Jackentasche und hielt sie ihr hin. «Da, zähl nach.»

«Stimmt schon», sagte sie, öffnete ihre Umhängetasche, entnahm ihr eine Geldbörse, knipste sie auf und steckte das Geld sorgfältig hinein. «Morgen mittag bin ich in Nairobi. Gibt es etwas Neues im Fall Nkala?» fragte sie.

«Nein. Das arme Schwein sitzt seit fast zehn Jahren ohne Urteil in rhodesischen Lagern, und es besteht auch keine Aussicht, daß er je herauskommt.»

«Und was macht dein Studium?»

«Ich bin gerade bei den Nerven. Sei froh, daß du nicht weißt, wo wir überall Nerven haben. Besser gesagt, sei froh, daß du es nicht wissen mußt. Ich kann dir sagen, die Nerven machen mich noch zum Nervenbündel.»

Violet lachte.

«Ja», sagte sie, «ich muß zu meiner Maschine.»

«Ruf doch mal an, wenn du mehr Zeit hast. Ich möchte mal wieder einen ganzen Abend lang englisch reden. A whole night long . . .»

«All right, honey, I'll be looking forward to it.»

«Bye, bye», sagte er, «und komm in Nairobi schön langsam runter.»

Er sah ihr nach, bis sie im Gewühl der Leute verschwand.

Simona war zwölf. Und kein Mensch litt unter dieser Tatsache so sehr wie Simona. Mit zwölf Jahren war man nichts. Man war kein Kind mehr und schon gar nicht erwachsen. Man war nur dazu da, um von allen Leuten respektlos behandelt zu werden, sogar von den Vierzehnjährigen. Oft dachte Simona, daß sie große Aufgaben erfüllen könnte, nein, sie dachte dies nicht nur, sie wußte es. Aber es war wie verhext. Wenn sie an eine große Aufgabe geriet, hatte sie schon ein anderer übernommen.

Manchmal meinte Simona, sie müßte die Ehe ihrer Eltern retten, obwohl sie eigentlich nicht viel von der Ehe hielt. Jedenfalls konnte sie sich nicht vorstellen, jemals verheiratet zu sein und einen Mann entscheiden zu lassen, ob sie Geld verdienen durfte oder nicht. Aber wenn sie sich nach tagelangem Hick-Hack der Eltern entschloß, endlich eine Rettungsaktion zu starten, dann knutschten sich Mama und Paps schon wieder ab, als wäre nichts gewesen. Und als hätte Mama zu Paps nicht «blöder Hammel» und Paps zu Mama nicht «dumme Kuh» gesagt. Sie fand es würdelos, wenn Papa dann Mamas Bluse aufknöpfte und Mama es mit geschlossenen Augen geschehen ließ.

Wenn es soweit war, zog sich Simona auf ihre Bude zurück. Sie setzte sich auf die Schaumgummimatratze, die auf dem Boden lag und die ihr Bett darstellte, zog die Beine an, umschloß sie mit den Armen und dachte nach.

Warum zum Beispiel dachten Mama und Paps immer nur an Geld? Warum vertrugen sie sich, wenn welches da war, und warum gab es Streit, sobald nichts mehr auf dem Konto war?

Warum ließen ihre Eltern nicht einmal eine Mahlzeit ausfallen? Davon verhungerte man nicht, das wußte sie. Sie hatte es versucht. Aber in Kalkutta, in Äthiopien, in Bangla Desh, da verhungerten die Leute und starben auf der Straße. Sie hatte es in der Tagesschau gesehen.

Manchmal kaufte sie im Dritte-Welt-Laden Rohrzukker, weil sie irgend etwas tun wollte. Dabei wußte sie genau, daß den Löwenanteil des Preises, den sie bezahlte, der heimische Zoll einsteckte, weil die Dritte Welt nicht die EWG war. Und so war es überall. Immer sorgten die Reichen dafür, daß sie reich und die Armen arm blieben. Das war unter reichen und armen Ländern so, und unter reichen und armen Menschen ebenfalls. Ganz gleich, ob das in Südamerika war oder daheim, in der eigenen Umgebung.

Simona legte ihre Stirn auf die hochgezogenen Knie. Ich will was tun, sagte sie sich, ich will was tun, ich will was tun. Und gleichzeitig fühlte sie die Qual, daß sie nicht wußte, was sie tun sollte.

Die Welt mußte verändert werden, das war gewiß. Denn eine Welt, in der sich nichts mehr änderte, war eine tote Welt. Wer mit einer Welt zufrieden war, in der Millionen Menschen nur geboren wurden, um zu verhungern, verdiente nicht, daß es ihm gut ging.

«Es ist besser, du setzt dich hier auf den Hocker», sagte Claudia. «Ich stelle mich ans Fenster.»

«Warum?» fragte Thomas verständnislos.

«Mutter wird in absehbarer Zeit erscheinen, und

zwar ohne anzuklopfen, und so tun, als suche sie etwas.»

«Und weshalb?»

«Sie denkt, wir könnten sonst etwas tun, was sie nicht billigen kann.»

«Oh», sagte Thomas, «ich hatte eigentlich nichts Derartiges im Sinn. Ich wollte nur fragen, ob . . .»

«Ich weiß», sagte sie. «Nein, ich habe noch keine Antwort von der Botschaft. Ich warte noch zwei Tage, dann schreibe ich noch einmal.»

«Und wenn wir an den Justizminister schrieben?»

«Du meinst, daß das einen Sinn hat?»

«Ich glaube, es ist manchmal falsch zu fragen, ob es einen Sinn hat. Stell dir lieber vor, daß Mamoud siebzehn ist, so alt wie du. Versetz dich in seine Lage. Eines Tages bekommt er plötzlich Post, und er weiß, ganz allein ist er nicht. Und er weiß, daß die Wärter wissen, daß er Post aus dem Ausland bekommen hat. Er empfindet es vielleicht als Schutz.»

«Trotzdem», meinte Claudia, «was ist ein Brief . . .?»

Thomas überlegte. Doch ehe er etwas sagen konnte, ging die Tür auf, und Frau Rühl stand erschrocken im Zimmer. «Ach, du hast Besuch», sagte sie und lächelte verlegen, als hätte sie es nicht gewußt. «Bitte, laßt euch nicht stören. Ich suche nur eine kleine . . .»

«Eine kleine was?» fragte Claudia gereizt.

«Eine kleine . . .»

Ausrede, hätte Claudia beinahe gesagt.

«. . . eine kleine Schere», vollendete Frau Rühl endlich den Satz. «Weißt du, die Schere, die so groß ist.» Sie zeigte es mit den Fingern.

«Die habe ich nicht.»

«Wirklich nicht?»

«Nein», sagte Claudia scharf.

Frau Rühl lächelte etwas hilflos. «Dann ist sie vielleicht in der Küche. Entschuldigen Sie, Thomas. Ich bin nämlich gerade beim Nähen, und da ...» Sie schloß die Tür hinter sich, ehe sie den Satz zu Ende gesprochen hatte.

«Ich wette, sie hat die Schere eigens unter einen Stofflappen geschoben, um sie hier suchen zu können», sagte Claudia böse.

«So etwas überlebt man», meinte Thomas gelassen.

«Sie ist so erzogen, sie weiß es nicht anders.»

«Als meine Mutter müßte sie mich eigentlich besser kennen. Sie müßte zumindest wissen, daß ich es schlauer anstellen würde, wenn ...»

Thomas räusperte sich. «Ich überlege gerade, ob wir nicht unseren Abgeordneten einspannen könnten, und die Zeitung. Kein Land sieht es gern, wenn es sich herumspricht, daß es politische Gefangene ohne Verfahren festhält.»

«Ich weiß nicht», sagte sie verzagt.

Thomas stellte sich neben sie. «Wer ist bei diesem Informationsstand stehengeblieben und wollte nicht weiter? Du oder ich? Wer hat gesagt, daß er eisern durchhalten wird? Du oder ich? Wer hat gewußt, daß Zeiten kommen würden, wo es nicht weitergeht?»

«Du», sagte sie.

«Du bist im Grunde auch gar nicht über unsere Arbeit verzagt», widersprach er. «Du hast nur einen trüben Tag deiner Mutter wegen. Das kommt alles

20

zusammen. Morgen ist alles anders.» Er zog sie an ihrem langen, blonden Haar ein bißchen zu sich.

Da klopfte es an der Tür.

«Jetzt braucht deine Mutter sicher weißen Zwirn», flüsterte er und ließ die Haarsträhne nicht los.

«Oh, Entschuldigung», sagte auch schon Frau Rühl, «jetzt habe ich doch tatsächlich meinen weißen Zwirn . . .»

Thomas drehte sich langsam um und sah Frau Rühl offen an. «Sie haben die Spule vorhin dort auf den Schreibtisch gestellt», sagte er freundlich. «Darf ich mich außerdem gleich verabschieden?»

«Sie haben sicher viel zu tun», sagte Frau Rühl.

«Eigentlich nicht, aber . . .»

«Aber?» wiederholte Frau Rühl etwas schrill.

«Ich nehme an, Claudia hat viel zu tun.»

In der großen Pause ging Kamphaus auf Claudia zu. Er lächelte, wie fast immer. «Nun, ist schon irgendeine Reaktion auf den Brief gekommen?»

«Nein», sagte Claudia mürrisch. Sie war auf Kamphaus böse, weil er bei solch einer Frage lächelte. Nahm er sie auf den Arm? Hatte er von Anfang an gewußt, daß sie den Brief ebenso gut gleich in den Papierkorb hätte werfen können?

«Ich weiß», sagte er ernst, «was Sie tun, ist ein mühseliges Geschäft. Wer sich von Enttäuschungen abschrecken läßt, sollte gar nicht erst damit anfangen. Aber Sie müssen bedenken, der Botschafter muß ja zunächst einmal bei seinen Heimatbehörden rückfragen. Und bis die wieder antworten ...» Kamphaus machte eine Pause und sah über die vielen Schüler hinweg. «Wissen Sie, ich wollte auch mal, daß alles schneller geht, viel schneller. Aber die großen Veränderungen vollziehen sich langsam. Die Welt wird von den Geduldigen verändert und nicht von den Hitzköpfen. Manchmal finde ich es fast tragisch, daß ringsum so viel Engagement nach den ersten Enttäuschungen verpufft ist. Engagement für das Neue, das sich in Rhetorik erschöpft, schadet nur. Der lange Marsch, weißt du, der lange Marsch besteht aus vielen einzelnen Schritten ...»

Sie gingen unter der großen Kastanie im Schulhof auf und ab, das rostbraune Laub raschelte unter ihren Füßen.

«Ich werde noch einmal schreiben», sagte Claudia. «Vielleicht ein bißchen schärfer. Sie haben recht. Wir sind noch immer am Anfang, und uns fehlt die Erfahrung.»

«Ich habe irgendwo daheim den französischen Text der Menschenrechtserklärung. Ich bringe ihn morgen mit. Vielleicht kannst du ihn brauchen. Da ist noch etwas, worüber ich mit dir sprechen wollte.»

Sie blieb stehen und sah ihn groß an.

«In der sechsten ist mir ein Mädchen aufgefallen, sie ist zwar erst zwölf. Ist das zu jung für euch? Ich finde nicht. Sie kann euch schreiben helfen und Briefmarken ablecken und Umschläge zukleben und was es da noch alles gibt.» Kamphaus lächelte wieder.

«Ich müßte Thomas fragen, wir haben noch keine Zwölfjährigen.»

«Sie steht gerade dort drüben am Fahrradständer. Das Mädchen mit dem karierten Rock und dem roten Pulli. Ich habe das Gefühl, die brennt darauf, etwas zu tun. Wenn ihr die richtig beschäftigt, wird sie einmal gut. Das weiß ich. Simona Zumbusch heißt sie.»

«Ich frage Thomas. Wenn er einverstanden ist, werde ich mit ihr sprechen.»

Martin Coster saß auf einer Bank und las. Es war ein trüber Herbsttag, und die Sonne stand milchig hinter dickem Dunst, der vermischt war mit den dreckigen Wolken der Industrieabgase. Von Schwefelgelb bis Pechschwarz qualmte es aus den Schloten. Die Bank, auf der Martin saß, stand in einer Stadt, die stolz war auf ihre Eisen-, Flugzeug- und Maschinenindustrie. Auch in der Lederverarbeitung hatte sie weitum einen Namen und als Getreideumschlagplatz: Buffalo im Staat New York. Buffalo wurde 1805 als Neu-Amsterdam gegründet. Es liegt in der östlichen Ecke des Erie-Sees.

Martin Coster sah von seinem Buch auf in den grauen Himmel. Zur blassen Sonne, die keine Schatten warf und die manchmal ganz hinter Rauchfetzen verschwand.

Martin Coster dachte an einen Satz, den er eben gelesen hatte. Ein ganz einfacher und schlichter Satz, streng wissenschaftlich und unwiderlegbar.

Je größer der Druck ist, der auf einen Körper ausgeübt wird, um so größer ist der Gegendruck, der in diesem Körper entsteht.

Martin hatte ein Physikbuch in der Hand, und er hatte gerade das Kapitel «Statik» gelesen. Ihn fröstelte.

Genau wie im Leben, dachte er. Genau, wie bei uns Menschen. Druck erzeugt Gegendruck. Und der Gegendruck steht immer in einem unwandelbaren Verhältnis zum ursprünglich ausgeübten Druck.

Martin legte das Buch neben sich auf die Bank, ballte beide Hände zu Fäusten und stemmte sie vor seiner Brust gegeneinander. Immer stärker, bis es irgendwo in seinen Schultergelenken knackte.

Je größer der Druck ist, der auf einen Körper ausgeübt wird, umso größer ist der Gegendruck, der in diesem Körper entsteht.

Auch auf ihn wurde Druck ausgeübt. Auf ihn und seine Freunde. Wie war das mit einem Körper, der nicht genug Gegendruck entwickeln konnte? Martin überlegte. Solch ein Körper, egal, ob er aus Holz oder Eisen war, wurde zermalmt.

Einfach zermalmt.

Auch Menschen konnten zermalmt werden.

Martin hob den Kopf und schnupperte. Aber es war schon vorüber. Da war doch tatsächlich, einen Augenblick lang, nein, besser gesagt, einen Atemzug lang, ein anderer Geruch da gewesen. Hatte sich in den kahlen Park geschlichen und vielleicht schon im Gezweig der nächsten Buschgruppe aufgelöst. Ein Geruch nach lebendigem Wasser, ein bißchen gemischt mit dem Geruch nach Tang und Fischen. Als Junge hatte er einmal einen schleimigen, fast giftgrünen Schleier im feuchten Sand des Seeufers gefunden. Er hatte das eigenartige Gewebe, von dem er nicht wußte, ob es pflanzlich oder tierisch war, aufgehoben und mit einem gewissen Ekel in das Wasser des Erie-Sees zurückgeworfen. Er erinnerte sich genau. Nachher war er in die Hocke gegangen, um sich die glitschigen Finger im Wasser zu säubern. Ein Schwarm stecknadelgroßer Fische war in ruckartigen Bewegun-

25

gen davongestoben. Ein silberner Blitz unter Wasser.

Martin Coster nahm das Buch von der Bank und klemmte es unter den linken Arm. Er dachte an Bücher. An einen ganzen Laden voll mit Büchern. Mit Büchern konnte man sich zur Wehr setzen. Mehr noch, mit Büchern konnte man angreifen. Er wußte, es gab solche Bücher. Alle großen Bewegungen, die diese Welt verändert hatten, hatten ihre Bücher.

Je größer der Druck ist, der auf einen Körper ausgeübt wird, umso größer ist der Gegendruck, der in diesem Körper entsteht.

Martin mußte noch einmal seine Fäuste gegeneinanderpressen, er mußte sich diesen Satz deutlich machen. Er mußte ihn in die Mitte seines Bewußtseins rücken. In den Fingern, in den Ellenbogen und in den Schultern knackte es wieder. Die Haut über seinen Knöcheln spannte sich.

Martin Costers Haut war schwarz.

«Bitte nicht das Geschirr abtrocknen», sagte Brigitte gequält zu ihrer Schwiegermutter.

«Aber es hat doch sonst gar keinen Glanz.»

«Doch, es glänzt. Es glänzt viel stärker, wenn es nicht abgetrocknet wird.»

«Bitte, wie du willst», sagte die Schwiegermutter gereizt, «ich wollte dir nur helfen.»

Es gab beinahe jedesmal diese Auseinandersetzung nach dem Öffnen des Geschirrspülers, und jedesmal kroch in Brigitte die Angst hoch, sie könnte im Alter auch so werden, wie ihre Schwiegermutter. Eine mißmutige Frau mit eingefressenen Gewohnheiten, die sich nicht mehr austilgen ließen.

Vor zehn Jahren war Brigitte noch in der Schule gewesen und hatte dort mehr oder weniger das große Wort geführt. Heiraten kam nicht in Frage. Die Frau mußte endlich heraus aus den Rollenzwängen. Sie hatte das alles aufgeschnappt und ungeheuer neu und interessant gefunden.

Nach dem Abitur war sie in eine Bank gegangen und hatte geschmeckt, wie ungeheuer frei und selbstbewußt die Arbeit in einer Hypothekenabteilung macht. Und dann hatte sie sich mit drei oder vier Konkurrentinnen an einem Wettkampf beteiligt, den sie gewann. Heinz Barling heiratete nicht eine der drei, vier anderen, sondern sie. Damals genügte das. Es war ein Erfolgserlebnis und Liebe wohl auch. Daß er stocksteif und pedantisch war, störte sie damals nicht, das alles wollte sie ändern. Inzwischen wußte sie, daß sich gewisse Anlagen eines Menschen nicht ändern lassen. Daß sie sozusagen als Daten vorgegeben sind und ablaufen wie ein Programm. Heinz war belehrend, stets überlegen. Er hatte eine Entgegnung für alle ihre Einwände. Und vor allem hatte er eines, er hatte immer recht. Jeder Außenstehende hielt sie für glücklich, weil sie eine Eigentumswohnung mit Dachterrasse besaßen, und Brigittes Leben für ausgefüllt, weil sie einen Sohn und eine Tochter hatte.

«Ich muß mich ein bißchen hinlegen», sagte Brigitte mit gequälter Stimme, die so klang, als habe sie Kopfschmerzen. Und sie legte sich auch hin, die verschränkten Finger über den Augen und sah merkwürdigerweise ein Bild. Es mußte eine Erinnerung aus ihrer Kindheit sein, irgendwann einmal hatte sie das gesehen, und es mußte sie beeindruckt haben.

Eine Spinne wickelte ein noch lebendes Insekt mit ihrem Spinnfaden ein. Die Gegenwehr wird immer schwächer. Brigitte brauchte lange, um herauszufinden, daß sie in der Situation des Insekts war, und daß Heinz bewußt oder nicht, sie immer mehr ihrer Freiheit und Persönlichkeit beraubte. Heinz war laut Geburtsschein acht Jahre älter als sie. Aber in Wirklichkeit trennte sie ein Jahrhundert.

Bankangestellte, dachte Brigitte, vornehmlich Abteilungsleiter, müssen wahrscheinlich konservativ sein. Sonst kommen sie nicht weiter. Je konservativer sie sind, je besser sie sich in die hierarchische Struktur einfügen, umso besser gelangen sie nach oben. Aufstieg durch Unterwerfung, das war wohl das Prinzip. Wenn die Unterwerfung auch nur geheuchelt war. Aber mußte Heinz überhaupt heucheln? Begab er sich nicht freiwillig in die Gefangenschaft, weil sie dann eher wie die ganz große Freiheit erschien?

Du bist auch gefangen, sagte sie sich, du bist gefangen durch deine eigene Bequemlichkeit, durch den Komfort, den du hast (und den du nicht missen möchtest), durch die Kinder. Und das weiß er ganz genau: Jetzt läufst du nicht weg, weil die Kinder noch klein sind, und später wirst du nicht weglaufen, weil du dann alt bist und weil ein mieser Mann immer noch besser ist als kein Mann. Du wirst nicht weglaufen, weil du es nicht verträgst, allein zu sein, und weil man dir nicht beigebracht hat, etwas mit dir anzufangen. Wiederum berufstätig zu werden, daran dachte sie nach ihren Erfahrungen in der Hypothekenabteilung nicht mehr. Es war wohl ihr Los, eine Hausfrau mit Abitur zu sein.

Das kleine Geschäftslokal in der Cats-Road gefiel Martin Coster. Wenn er sich mit seiner schlaksigen Basketballerfigur in die Mitte des Raumes stellte, den Arm hochhielt und die Finger ausstreckte, dann konnte er die Decke berühren. Es würde keine Leiter brauchen, um die Bücher auf dem obersten Stellagenbrett zu erreichen.

Martin sah sich um. In der rechten hinteren Ecke wucherte graugrüner Schimmel an der Mauer. Von der Decke blätterte der Putz, der Lack von den Schaufensterrahmen sprang ab, der Fußboden in der rechten Ecke war angemodert. Martin schnupperte. Es roch eigenartig in der Bude. Er rief in seinem Gehirn alle Gerüche ab, die er je gerochen hatte. Bei Mäuseurin fiel die Karte raus. Es roch nach Mäuseurin. Unter den Fußbodenbrettern mußten sie massenweise hausen und pinkeln. Und wahrscheinlich ahnten sie nicht, daß ihre Tage gezählt waren.

«Es ist ein sehr hübscher Laden», sagte der Weiße, der ihm die Tür geöffnet hatte. «Und Sie können von Glück sagen, daß ich bei Geschäften keine Vorurteile kenne. Egal, was Sie hier machen wollen. In der Gegend gibt es viele Schwarze. Die kommen zu Ihnen, und wenn Sie Backpfeifen verkaufen. Wollen Sie auch eine Heißmangel hereinstellen?»

«Nein», sagte Martin einsilbig.

«Jedenfalls war hier vorher eine Mangelstube. Hemdkragen und Manschetten besserte sie auch aus. War so'ne alte Mami, die Betula Hotchkins. Na, jetzt hat sie es jedenfalls besser. Es war eine schöne Beerdigung, hat man mir erzählt. Jaja», sagte der Weiße und trat seine Zigarette auf dem Fußboden aus, «so gesehen ist der Tod eine gerechte Sache. Er ist der einzige, der keine Ausnahme macht. Es gibt keinen Tod in Luxusausführung. Wenn sie erst mal tot sind, sind sie alle gleich tot. Haha. Und nach zehn Jahren siehst du so einem Gerippe nicht einmal die Hautfarbe an. Wie gesagt, ich habe keine Vorurteile in Geschäften. Hier die Kaution und die Miete und da der Laden. So geht das bei mir. Zug um Zug. Was Sie damit machen, und was Sie darin verkaufen, ist Ihre Sache, Mister. Solange Sie pünktlich die Miete bezahlen.»

«Ich miete den Laden», sagte Martin, nachdem er sich den fensterlosen Nebenraum angesehen hatte, der mehr eine Höhle war.

«Ich sag es ja, so einen schönen Laden kriegen Sie so bald nicht wieder. Hier können Sie noch reich werden, Mann.»

Martin dachte schon an Joe, Paul und Makki, die ihm helfen würden, die Wände zu kalken, die Fensterrahmen zu streichen, die Mäuse zu vergasen und sie unter den Fußbodenbrettern herauszuholen. Dann würden sie die Stellagen zimmern, und er würde die ersten Bücher auspacken und einreihen. An der Tür würde er ein Glockenspiel anbringen. «Ding, dang, dong» würde es machen, wenn der erste Kunde kam.

Einen Ladentisch brauchte Martin nicht, nur einen kleinen Arbeitstisch im Nebenraum. Einen Tisch mit einer Schublade vielleicht. Wo er die Bestellkarten aufbewahrte, die Rechnungen und die Geldkassette.

31

«Haben Sie schon eine Ahnung, was Sie hier treiben werden?» fragte der Vermieter lauernd.

Martin brauchte eine ganze Weile, bis er die Frage registriert hatte. Er sah den schäbigen, alten Mann nachdenklich an.

«Ja», sagte er schließlich.

«Jetzt kommst du schon mit einer Zwölfjährigen!» rief Thomas, «demnächst machen wir einen Kindergarten auf.»

Claudia drehte eine Haarsträhne um ihren Zeigefinger. «Na und?» fragte sie, «wäre das so schlecht? Ich habe mir das Mädchen angesehen, und ich habe mit ihr gesprochen. Die zwölf Jahre sagen gar nichts. Und außerdem ist mir eine Zwölfjährige, die mich bittet, daß sie uns helfen darf, lieber als ein Erwachsener, den wir anflehen müssen, er möge doch die Güte haben, einen Brief zu schreiben.»

«Du weißt genau, hier werden manchmal Dinge besprochen, die nichts für Zwölfjährige sind.»

«Du tust, als wärst du hundert! Was kann sie schon bei uns hören? Daß in vielen Ländern Menschen gefoltert werden? Meinst du wirklich, eine Zwölfjährige sollte davon noch nichts wissen? Und müssen wir uns deshalb schämen? Die Kleine will helfen, das ist alles!»

«Jetzt hast du selbst ‹Kleine› gesagt.»

«Es ist mir so herausgerutscht. Du weißt genau, daß es nichts zu bedeuten hat!» Claudia schrie beinahe. «Außerdem könnte ich mich um sie kümmern. Sie kann mir helfen. Und Kamphaus meint, sie wäre gut für uns. Soll ich Kamphaus verärgern?»

«Wenn er sich durch so etwas verärgern läßt.»

«Ich könnte ja noch einmal mit ihm reden. An das mit der Folter habe ich nicht gedacht. Vielleicht hast du recht.»

«Nächste Woche stellen wir den Informationsstand auf dem Stadtplatz auf. Woche des politischen Gefangenen. Laß uns erst einmal sehen, ob wir da nicht einige neue Leute dazubekommen.»

«Nein, ich will das nicht dem Zufall überlassen. Das verdient das Mädchen nicht. Es ist ihr ernst, und wir sollten sie ernst nehmen. Auch wenn wir ihr an Alter und Erfahrung so unendlich überlegen sind, wie du meinst.»

Thomas ging in seinem kleinen Zimmer auf und ab. Mehrmals war er kurz davor, sich den Kopf an einem der Dachbalken anzustoßen. Aber Claudia hoffte vergebens darauf. Sie hätte es ihm gegönnt.

Jetzt blieb er an der Tür stehen. «Und die Eltern?» fragte er. «Die müßten wir doch auch fragen.»

«Danach habe ich sie auch gefragt. Aber sie sagt, ihre Eltern hätten nichts dagegen. Die kümmern sich sowieso nicht um sie. Sonst würde Simona wahrscheinlich nicht zu uns kommen wollen.»

«Wir sind kein Hort für Kinder, denen es daheim zu langweilig ist.»

«Davon redet ja auch keiner.»

«Und auch nicht für Kinder, die mit ihren Eltern unzufrieden sind.»

«Ach, weil wir mit unseren Eltern so zufrieden sind.»

«Nun mach aber einen Punkt», sagte er. «Du willst doch nicht behaupten, daß wir den ganzen Kram nur angefangen haben, weil wir mit unseren Eltern nicht zurechtkommen.»

«Natürlich nicht», gab Claudia zu, dann schwieg sie plötzlich und vergaß, mit ihrer Haarsträhne zu spielen.

«Was ist denn jetzt wieder?»

«Nichts», sagte Claudia nach einer längeren Pause, «ich überlege nur.»

«Und was?»

«Ob bei vielem, was wir tun, nicht der Gedanke mitspielt – vielleicht unbewußt – es besser zu machen als unsere Eltern, anders zu sein als sie, weil das es uns leichter machen würde, uns von ihnen zu lösen.»

Violet sah schon auf der obersten Stufe der Gangway, daß der richtige Mann die Gepäckwagen heranfuhr. Abraham. Sie würde ihn also nicht erst auf dem Flughafen suchen müssen.

Als die Passagiere das Flugzeug verlassen hatten, ging sie noch einmal nach hinten und steckte sich eine Stange Zigaretten in ihre Umhängetasche. Danach betrachtete sie sich im Spiegel. Sie war zufrieden mit sich, der türkisgrüne Eyeliner, den sie aufgelegt hatte, paßte gut zu ihrer tief dunkelbraunen Haut.

Ein paar Stunden hatte sie Zeit. Vielleicht sprang sie schnell irgendwo ins Wasser oder sie legte sich ins Hotel und schlief aus.

«Bist du fertig?» fragte Muriel. «Ich muß mich beeilen. Ich wollte jemand von der Alitalia treffen.» Dann kicherte sie. «Mensch, die hatten letztesmal falsches Gepäck an Bord. Tino sagt, das passiert ihnen öfter. In Rom haben sie das Gepäck für Athen und in Athen das für Rom. Wie machen die das?»

«Wahrscheinlich ist es nicht viel schwieriger, es falsch zu machen, als es richtig zu machen», sagte Violet.

In der Tür blieb Muriel stehen und warf die Arme in die Höhe. «Die Luft von Nairobi!» schwärmte sie. «Ich darf nicht daran denken, wie es gestern in Frankfurt war.»

Jetzt wird sie gleich sagen, daß wir schätzungsweise fünftausendfünfhundert Fuß hoch seien, und daß es eben Afrika sei, Ostafrika, genau gesagt Kenya, dachte Violet.

Und schon sagte Muriel: «Das ist auch kein Wunder. Wir sind schließlich ziemlich genau fünftausendfünfhundert Fuß über dem Meeresspiegel.»

Violet lächelte. Und lächelnd stieg sie die Gangway hinunter. Unten sagte sie zu Muriel: «Geh ruhig voraus. Ich guck nur schnell nach dem Gepäck. Du hast mir richtig Angst eingejagt mit dem falschen Gepäck.»

Der Mann auf dem Zugwagen für die Gepäckwägelchen grüßte sie. «Mama, bist du schön!» rief er, «und was du für Augen hast. Mh!»

«Quatsch nicht, Abraham», sagte sie und reichte ihm die Stange Zigaretten. «Hier, das ist für dich.»

«Ich sag es ja!» rief er. «Die Frauen verwöhnen mich. Sie können gar nicht anders.»

«Und das hier», sie knöpfte ihre Bluse auf und holte die hundertfünfundzwanzig Dollar aus dem Büstenhalter, «das ist für Methodus Nkala, die Adresse ist dabei.»

«Mama!» rief er, «was ich jetzt gesehen habe!»

«Nichts hast du gesehen.»

Er küßte die Scheine und sagte: «Wenn ich da hinkönnte, wo die gerade herkommen.»

«Steck sie weg», fauchte sie jetzt, «und vergiß es nicht.»

Er steckte das Geld in die linke Brusttasche seines Overalls und wurde plötzlich ernst. «Hab ich es schon einmal vergessen? Ist einmal, ein einziges Mal, ein Dollar, nein, ein Cent weniger angekommen?»

«Nein.»

«Also», sagte er wieder heiter, «warum willst du dann keine schönen schwarzen Babies von mir? Eines gesünder und klüger als das andere?»

«Nein», sagte sie. «Da wird nichts draus. Viele Babies gibt es nicht bei mir. Viele Babies müssen hungern. Ich möchte ein, zwei satte Babies.»

«Gut, das ist mir auch recht.»

Violet lachte. «Immer machst du Späße, Abraham. Ich muß jetzt gehen. Bye, bye, und vergiß nicht das Geld.»

Nach dem Mittagessen war Heinz Barling wieder in die Bank zurückgefahren. Das Geschirr befand sich in der Geschirrspülmaschine, das Wasser rauschte. Brigitte beobachtete ihre Schwiegermutter, die mit einem Geschirrtuch in der Hand wartete.

«Wie oft soll ich dir noch sagen, daß du das Geschirr nicht abzutrocknen brauchst?» jammerte sie. «Stell dir vor, da hat es einen Haufen kluger Männer gegeben, die haben sich den Kopf zerbrochen, wie sie das Leben der Frau angenehmer gestalten können, sie haben die Geschirrspülmaschine erfunden und moderne Spülmittel, und du nimmst das einfach nicht zur Kenntnis.»

«Weil ich nicht pflichtvergessen bin», sagte die Schwiegermutter. «Ich habe es so gelernt, und so mache ich es.»

«Aber das ist mein Haushalt! Und hier wird es so gemacht, wie ich es will!»

Die Schwiegermutter warf Brigitte einen beleidigten Blick zu. Gleich wird sie in ihr Zimmer gehen und heulen, dachte Brigitte. Und heute abend erzählt sie Heinz, was für eine herzlose Schwiegertochter ich bin.

Etwas später erwachten die beiden Kinder von ihrem Mittagsschläfchen. Brigitte beschloß, mit ihnen spazieren zu gehen, obwohl sie keine allzu große Lust hatte. Sie kleidete zuerst Florian an. Dann kam Petra an die Reihe. Petra gähnte und spielte dabei mit ihren gelenkigen Zehen.

Brigitte war gerade fertig und suchte nach dem Wohnungsschlüssel, als die Schwiegermutter plötzlich hinter ihr stand.

«Du gehst mit den Kindern aus?» fragte sie.

«Ja.»

«Bei diesem Wetter?»

«Sie müssen ein bißchen an die frische Luft.» Brigitte war es leid, all ihre Absichten verteidigen und durchsetzen zu müssen.

«Sie werden sich erkälten.»

«Nein!» rief Florian. «Mami zieht uns warm an.»

«Wir werden unter die Arkaden auf dem Stadtplatz gehen», sagte Brigitte und ärgerte sich, daß sie schon wieder versuchte, sich zu rechtfertigen.

«Bei strömendem Regen!»

«So viel ich weiß, regnet es unter den Arkaden nicht!» sagte Brigitte schnippisch.

In zehn Minuten war sie draußen. Sie trug eine Lodenjacke, Florian einen gelben Gummimantel mit Kapuze, und Petra hatte sie warm ins überdachte Sportwägelchen gepackt.

«Ist das schön?» fragte sie Petra, als sie loszogen.

Die Kleine strahlte.

Unter den Arkaden hatte sie ein Erlebnis. Ein junger Mann, lang, schlaksig, dunkelblondes Haar und gekräuselter Bart kam auf sie zu und fragte: «Kennen Sie amnesty international?»

Sie guckte seinen Bart an, bemerkte einen Stoß Flugblätter unter seinem Arm und wollte schon sagen: ‹Nein, danke, kein Interesse›. Da bemerkte sie, daß sein Parker bis zum Gürtel durchnäßt war und ebenso seine Blue jeans. Sie dachte, er wird sich einen Schnupfen holen, und blieb stehen.

«Amnesty international setzt sich für politische Gefangene ein», sagte Thomas. «Vielleicht haben Sie gehört, daß wir die Woche des politischen Gefangenen abhalten. Wir wollen an die Menschen in aller Welt erinnern, die, ohne Gewalt angewendet zu haben, nur aus Gesinnungsgründen, manchmal sogar ohne Anklage oder Prozeß, für Jahre hinter Kerkermauern verschwinden.»

«Gibt es das denn?» fragte Brigitte. «Und wie können Sie solchen Leuten überhaupt helfen?»

«Wir adoptieren Gefangene. Einzige Voraussetzung ist, daß sie keine Gewalt angewendet haben. Wir kümmern uns um ihre Familien, und wir machen keine Ausnahme. Wir unterstützen auch Gefangene, deren politische Meinung wir nicht vertreten.»

«Mami», fragte Florian, «warum hat der Mann nasse Hosen?»

Brigitte wurde rot. Thomas lachte. «Weißt du, das ist vom Regen. Ich stehe schon ziemlich lange hier. Und immer kann ich nicht unter den Arkaden stehen, weil manche Leute einen Bogen um uns machen.»

«Warum?» fragte Florian.

«Weil sie nichts davon wissen wollen, was der Mann sagt», erklärte Brigitte. «Mami wollte auch rasch weitergehen, und siehst du, jetzt ist sie stehengeblieben.» Sie fürchtete ein neues «Warum?» von Florian und wandte sich schnell an den jungen Mann.

«Ja, warum sprechen Sie die Leute an, was wollen Sie zum Beispiel von mir?»

«Erstens wollen wir den Leuten, die uns zuhören, das Schicksal vieler Menschen bewußtmachen, weil sie nicht vergessen werden dürfen. Die meisten Staaten,

41

in denen es politische Gefangene gibt, haben die Menschenrechtserklärung unterschrieben und brechen sie damit. Und dann suchen wir Leute, die uns helfen. Leute, die mitarbeiten oder die uns mit Spenden unterstützen.»

«Wie man spendet, kann ich mir vorstellen. Aber wie kann man mitarbeiten, was kann man tun?»

«Man kann allein oder mit anderen einen Gefangenen betreuen. Sich um seine Familie kümmern, Leute für unsere Arbeit interessieren, es gibt viele Möglichkeiten. Gut wäre es, wenn Sie Fremdsprachenkenntnisse hätten.»

«Ich kann ganz gut englisch», sagte sie stolz, «ein bißchen mehr als Schulenglisch, ich war mal drüben. In Französisch war ich immer schwächer, vor allem in der Aussprache.»

«Die merkt man den Briefen nicht an», er lächelte und gleichzeitig erschauerte er.

«Mein Gott, Sie frieren», sagte Brigitte. «Sie sind pitschnaß.»

«Und außerdem haben wir in einigen Schulen Lehrer, die uns hin und wieder in kniffligen Sprachfragen helfen.»

«Das Dumme ist nur, in England gibt es wohl keine politischen Gefangenen?»

«Aber es gibt eine Reihe englischsprachiger Länder, in denen es politische Gefangene gibt. Rhodesien zum Beispiel. Südafrika. Wir betreuen auch Fälle in Amerika, und oft ist Englisch erste Ersatzsprache.»

«Und wen betreuen Sie?»

«Wir haben im Augenblick einen 17jährigen Jungen

in Marokko, er hat Flugblätter verteilt, einen russischen Baptisten, der aus Glaubensgründen verhaftet wurde, einen spanischen Arbeiter, der sich für Arbeitszeitverkürzung und die Errichtung von Gewerkschaften eingesetzt hat. Und dann helfen wir der Familie eines rhodesischen Baumeisters. Sie könnten zum Beispiel der Familie schreiben, die nur von amnesty unterstützt wird. Oder wir könnten einen neuen Gefangenen dazunehmen.»

Brigitte war unschlüssig, eigentlich hätte sie längst gehen sollen, aber ein ihr fremdes Gefühl hielt sie fest.

«Ich sehe an Ihrem Tisch nur lauter junge Leute», wandte sie verlegen ein. «Bin ich nicht schon ein bißchen zu alt für Sie?»

«Wir haben eine amnesty-Gruppe in einem Altersheim, und das sind sehr aktive Leute. Die schreiben in der ganzen Welt herum und freuen sich wie Kinder über ihre Erfolge.»

«Aber Erfolge gibt es wohl nicht immer?»

«Nein», sagte Thomas ernst, «und die Zahl der politischen Gefangenen steigt.»

«Ich mache mit», sagte sie.

Seltsam, dieses Geräusch! Ein Brausen, ein Stampfen, rhythmisches Klatschen, Schreie, Rufe.

Und dann sah Ahmed die Woge herankommen. Sie füllte die ganze Breite des Boulevards. Die Luft vibrierte, stand flimmernd über dem Asphalt. Fenster wurden aufgerissen, die eisernen Rolläden rasselnd heruntergelassen. Angst?

Ahmed hatte noch nie so viele Menschen gesehen. So viele junge Menschen. Sie kamen heran, im Laufschritt, und jetzt verstand er ihren Ruf.

Geduld hat ihre Grenzen!

Ahmed wußte nicht, was in ihm vorging. Er fühlte einen glühend heißen Schmerz, der sich in ihm ausbreitete, seine Lungen füllte, ihm fast das Atmen unmöglich machte, je näher die Woge aus Menschenleibern kam.

Geduld hat ihre Grenzen! donnerte es über ihn hinweg.

Ahmed wollte den Ruf aufnehmen, mitschreien, aber der brennende Schmerz in seinem Innern schnürte ihm die Kehle zu.

«*Geduld hat ihre Grenzen!*» rief er mit den anderen. Er spürte, wie es naß und heiß über seine Wangen lief, als ihn die Woge aufnahm und mitriß.

«*Geduld hat ihre Grenzen*», schrie er, und er dachte an den Alten in der Bidonville.

Ein anderes Leben hatte ihn ergriffen. Ein neues Menschenalter begann. Die Zeitrechnung der Zukunft.

«*Geduld hat ihre Grenzen.*» Soweit er sehen konnte,

füllte die Masse der Demonstranten den Boulevard.

«Arbeit für alle!» rief er in eine Pause hinein.

Die jungen Leute um ihn herum, Schüler, Studenten, horchten auf, starrten ihn an.

Arbeit für alle!

Dann nahm er wieder den Ruf der anderen auf.

Aufhebung der Bidonvilles!

Aufhebung der Bidonvilles! Es war ein Ruf, der die Wände der Häuserfronten emporbrandete, in die Seitenstraßen hineinstob und über ihnen zusammenschlug.

Aufhebung der Bidonvilles.

Nie hatte sich Ahmed so stark gefühlt, so frei. In seinem Mund war ein anderer Geschmack. Er hatte die Fesseln seines Herkommens abgestreift, die Ängstlichkeit seines Vaters, das dumpfe Hinnehmen politischer Gegebenheiten als Fügung Allahs.

«Geduld hat ihre Grenzen!» rief er wieder, und er spürte, wie er damit seine Kindheit abstreifte, seine Erziehung bis zu diesem Tag. Die Fügungen Allahs, die maßlosen Reichtum auf der einen und unbeschreibliches Elend auf der anderen Seite zuließen, waren revidierbar. Vom heutigen Tag an war etwas von der Allmacht Allahs in die Hand des Menschen gegeben. Allah hatte seine Zeit gehabt; er hatte sie schlecht genützt.

Dann – es kam ganz plötzlich – knallte etwas über ihren Köpfen, zerplatzte an den weißen Mauern der Häuser.

Der junge Mann, der die ganze Zeit neben ihm gegangen war, packte Ahmed am Arm und riß ihn mit sich.

Sie zwängten sich in ein Tor, das der Hausbesitzer gerade schließen wollte. Rannten durch den Innenhof, der durch den Schatten in zwei Teile getrennt wurde, schlüpften durch den Hinterausgang in eine Nebengasse, in der es nach würzigem Essen roch. Wandten sich nach links, fanden wieder ein offenes Tor, durchquerten einen ärmlicheren Hof, keuchten durch ein Gewirr immer schmäler werdender lichtloser Gäßchen, sprangen eine ausgetretene Treppe hinunter und verschwanden in einem Kellerraum.

Dort standen sie schwer atmend und mit zittrigen Beinen hinter der Tür. Es roch nach Oliven. Durch eine Ritze fiel Licht, und Ahmed sah eine Reihe leerer Fässer und Krüge, und er sah, daß der andere lächelte.

«Mit der bloßen Hand kannst du keinen Gewehrlauf zuhalten», sagte der andere.

Und: «Diesen Tag werden sie nicht vergessen.»

Und: «Du mußt dich nicht schämen, daß du weggerannt bist. Angst haben immer nur die, die schießen. Nicht wir fürchten sie, sonst hätten wir geschwiegen. Sie fürchten uns, darum haben sie geschossen. So mußt du das sehen.»

Ahmed holte tief Luft und nickte.

Eure Exzellenz,

ich erinnere an meinen Brief von vor vier Wochen, auf den ich leider keine Antwort erhalten habe. Ich betone nochmals, daß ich mit Ahmed Mamoud weder verwandt noch bekannt bin. Es sind ausschließlich humanitäre Gründe, die mich veranlassen, mich im Namen von amnesty international für ihn einzusetzen.

Es dürfte Eurer Exzellenz bekannt sein, daß amnesty international eine unabhängige Organisation ist; das heißt, sie ist an keine Regierung, politische Partei, Glaubensgemeinschaft oder sonstige Interessen gebunden. Sie setzt sich in der ganzen Welt für die Einhaltung der ALLGEMEINEN ERKLÄRUNG DER MENSCHENRECHTE ein, insbesondere für folgende Artikel:

Artikel 5:

Niemand darf der Folter oder grausamer, unmenschlicher oder erniedrigender Behandlung oder Strafe ausgesetzt werden.

Artikel 9:

Niemand darf willkürlich festgenommen, in Haft gehalten oder des Landes verwiesen werden.

Artikel 18:

Jeder Mensch hat Anspruch auf Gedanken-, Gewissens- und Religionsfreiheit, seine Religion oder Überzeugung zu wechseln, sowie die Freiheit, seine Religion oder seine Überzeugung allein oder in Gemeinschaft anderer, in der Öffentlichkeit oder privat, durch Lehre, Ausübung, Gottesdienst und Vollziehung von Riten zu bekunden.

Artikel 19:

Jeder Mensch hat das Recht auf freie Meinungsäuße-rung. Dieses Recht umfaßt die Freiheit, Meinungen unangefochten anzuhängen und Informationen und Ideen mit allen Verständigungsmitteln ohne Rück-sicht auf Grenzen zu suchen, zu empfangen oder zu verbreiten.

Amnesty international hat beratenden Status beim Wirtschafts- und Sozialrat der Vereinten Nationen, bei der UNESCO und beim Europarat. Exzellenz wissen sicher, daß das moralische Gewicht unserer Organisation wächst. Ich hoffe sehr, daß ich diesmal Nachricht von Ihnen erhalte.

Mit dem Ausdruck vorzüglicher Hochachtung
Claudia Rühl

Im Windfang beugten sie sich vor und schüttelten den nassen Schnee aus ihren Haaren. Sie zogen ihre Jakken und Mäntel aus und beutelten sie durch, bis sie halbwegs trocken waren. Die Nässe sprühte in ihre Gesichter. Sie lachten.

In der nach Weihrauch riechenden Sakristei hängten sie ihr Zeug auf altertümlich schwarze Haken.

Thomas ging zum Schalter- und Sicherungskasten und knipste einen Schalter an, dann sah er in die Kirche hinaus. Es war der richtige Schalter gewesen.

«Beeilt euch», drängte Claudia, «wir haben heute ein Riesenprogramm.»

Sie setzten sich in die ersten zwei Bänke der linken Reihe, fanden jeder für sich, daß die Bänke bequemer sein könnten und daß sie wohl mehr zum Knien geeignet waren als zum Sitzen.

«Wir haben uns für diesen Treffpunkt entschieden, weil wir hier ungestört sind, und weil er uns nichts kostet», begann Thomas. «In einem Gasthof ist es meistens laut, und außerdem erwartet der Wirt, daß man etwas verzehrt. Bei mir ist es zu eng. Claudia hat nur ein kleines Zimmer.»

«Und meine Eltern wären auch nicht begeistert, wenn ich einen Haufen Leute in die Wohnung brächte», setzte Claudia hinzu. «Aber es hat noch einen anderen Grund, warum wir uns für die Kirche entschieden haben.» Sie grinste Thomas an. «Es ist hier nicht besonders bequem und gemütlich. Das zwingt uns, daß wir uns alle kurz fassen.»

«Ja, und was ich noch sagen wollte: Wir hatten dieses Jahr bereits eine sehr aktive Gruppe; aber durch berufliche Veränderungen, Studium und so weiter sind wir ab diesem Herbst praktisch wieder auf die Ausgangsposition zurückgeworfen worden und müssen daher die Gruppe neu aufbauen.»

«Du mußt noch sagen, daß wir uns alle geduzt haben und daß wir das so beibehalten sollten, weil es die Zusammenarbeit erleichtert. Ich heiße Claudia.»

«Und ich Thomas.»

«Mein Name ist Bert», sagte der Neue, «ich bin im Import-Export tätig und habe daher ein bißchen Auslanderfahrung. Meine Frau wäre gern mitgekommen, aber wir haben ein kleines Kind, und da ging es leider nicht. Aber sie wird mitarbeiten und vielleicht das nächste Mal dabei sein.»

«Ich heiße Brigitte, bin verheiratet, habe zwei Kinder, und ich möchte einfach etwas tun, das über den Tag hinausgeht.»

«Und ich heiße Simona, und ich möchte auch etwas tun.»

«Jetzt solltest du vielleicht etwas über unsere Gefangenen sagen», schlug Claudia vor.

Thomas nickte. «Ich betreue einen Reform-Baptisten östlich des Urals. Diese Baptisten sind keine staatlich anerkannte Religionsgemeinschaft in der Sowjetunion. Ihre Anhänger werden deshalb wegen ihrer religiösen Überzeugung oft zu harten Strafen verurteilt. Ich bearbeite diesen Fall zusammen mit einer österreichischen ai-Gruppe. Es ist eine ziemlich zähe Angelegenheit. Ich habe noch keine Reaktion, obwohl ich mich schon über ein Jahr damit befasse. Auf Briefe oder Karten bekomme ich keine Antwort. Wir

50

haben auch Pakete geschickt, für die liegen postalische Empfangsbestätigungen vor, mehr nicht.»

«Du mußt sagen», warf Claudia ein, «daß es sich wahrscheinlich um sehr einfache Leute handelt. Die Familie wohnt in einem kleinen Dorf. Und vielleicht liegt es auch daran, daß wir niemand haben, der russisch kann, ganz abgesehen davon, daß es mit der Sowjetunion überhaupt schwer ist. Die Russen halten uns für eine antikommunistische Organisation, obwohl sie wissen müssen, daß wir uns in anderen Ländern für inhaftierte Kommunisten einsetzen.»

«Und wenn man das den Dienststellen schreibt?» fragte Bert. «Ich meine, so verknöchert können die Burschen doch auch nicht sein.»

«Versuch es!» sagte Thomas sofort. «Vielleicht gelingt dir, was Hunderten bisher nicht gelungen ist. Wir sollten, und das möchte ich gleich sagen, uns nie von den Mißerfolgen der anderen einschüchtern lassen. Obwohl ich an Ford I. einiges auszusetzen habe, bin ich in einem ganz bestimmten Punkt seiner Meinung. Er hat mißlungene Forschungsversuche nie schriftlich niederlegen lassen, weil er der Meinung war, was dem A am 13. März um 9 Uhr nicht gelingt, gelingt vielleicht dem B am 7. Juli um 13 Uhr.»

«Gut, ich versuche es», sagte Bert. «Vielleicht hat einer gerade ein Kind bekommen oder er ist verliebt und deshalb ein bißchen menschlicher.»

«Ich betreue einen marokkanischen Oberschüler», begann Claudia. «Er ist mit vielen anderen Schülern, Studenten und auch Professoren verhaftet worden. Wir wissen relativ wenig von ihm. Er soll Flugblätter

51

verteilt haben, aber sicher ist auch das nicht, es ist möglich, daß er nur mit einem der Verhafteten befreundet war. Der Fall ist bei uns relativ neu, ich habe erst zwei Briefe geschrieben, aber ich werde mit Hilfe von Simona die Arbeit intensivieren. Briefe an den Ministerpräsidenten, den Innenminister, den Justizminister und den Gefängnisdirektor von Casablanca sind entworfen und gehen in den nächsten Tagen ab.»

«Und wie sehen Sie, wie siehst du die Chancen in diesem Fall», fragte Brigitte Barling.

«Ich habe ein gutes Gefühl, ich kann es nicht erklären, es ist einfach so.»

«Deine Worte in Gottes Ohr», sagte Bert, dann zuckte er zusammen, sah sich um und sagte in Richtung des Ewigen Lichtes: «Oh, Verzeihung.»

«Ziemlich neu ist der Fall eines spanischen Gewerkschafters», fuhr Thomas fort. «Den hat bei uns ein Beamter bearbeitet, aber er ist leider versetzt worden. Er ist zwar noch dran, und wir bekommen auch die Durchschläge der Briefe, die er an den Gefangenen und seine Familie schreibt, aber das ist wie gesagt nur eine Übergangslösung.»

«Für Spanien müßte man Spanisch können», sagte Bert nachdenklich.

Die anderen lachten.

«Meine Frau kann ein bißchen Spanisch», sprach er unbeirrt weiter. «Ich glaube, das ist etwas für sie. Sie kann sogar ziemlich gut Spanisch. Weshalb hat man den Mann verurteilt?»

«Er gehört zu einem Kreis von Gewerkschaftern, die sich immer in einem Kloster getroffen haben. Und da scheinen sie ein bißchen sorglos geworden zu sein. Jedenfalls gingen sie alle nach einer Zusammenkunft hops.»

«Da fällt mir ein, wie findet ihr eigentlich diese Dinge heraus, wie wißt ihr zum Beispiel von diesem Spanier?»

«So eine Massenverhaftung steht meistens in der Zeitung», erklärte Claudia, «und im internationalen Sekretariat von ai in London werden eben die Zeitungen aus aller Welt gelesen. Wenn es sich wie in diesem Fall gleich um eine ganze Reihe von Verhafteten handelt, fliegt einer hin und recherchiert so lange, bis er alle Namen beisammen hat, und zwar nicht nur die Namen der Verhafteten, sondern auch der zuständigen Polizeibeamten und Untersuchungsrichter, des Gefängnisdirektors, des Provinzgouverneurs oder wie sie dort heißen und natürlich auch die Anschriften der Angehörigen der Verhafteten oder ihrer Familien.»

«Und diese Leute», fuhr Thomas fort, «werden nun mit Briefen bearbeitet, und zwar nicht nur von uns, sondern auch noch von anderen Gruppen. Von schweizerischen, französischen, englischen, dänischen, österreichischen, schwedischen und norwegischen Gruppen. Das ist die Methode, die auf die Dauer Erfolge verspricht.»

«Da müßte man immer Sondermarken schicken», fand Bert, «vielleicht sammelt der Sohn des Richters Briefmarken oder der Gefängnisdirektor selber, der bekommt sicher eine ganz schöne Sammlung zusammen.»

«Das sind alles Gesichtspunkte, die wir bei unserer

53

Arbeit nicht außer acht lassen sollten», bestätigte Thomas. «Es ist traurig, aber von solchen Kleinigkeiten hängt viel ab.»

«Vielleicht kommt es manchmal darauf an, ob er gut gegessen hat», sagte Brigitte.

«Oder gut geschlafen. Ja, ich glaube, dieser Gewerkschafter wäre etwas. Das ist ein Fall für meine Frau. Wie gesagt, sie kann ein bißchen Spanisch.»

«Wir sprechen noch darüber», meinte Thomas. «Falls er schon Briefe von uns bekommen haben sollte, müssen wir erklären, wieso plötzlich ein anderer schreibt. Damit er nicht glaubt, das Ganze sei eine Falle.»

«Und für mich bleibt nichts?» fragte Brigitte.

«Oh, doch, wir unterstützen hin und wieder die Familie eines rhodesischen Gefangenen über die Koordinationsgruppe. Der Mann sitzt schon an die zehn Jahre ohne Gerichtsurteil in verschiedenen Lagern. Vielleicht schreibst du der Frau und fragst, wie wir besser helfen können, und was sonst zu tun wäre.»

Simona fühlte sich übergangen. Sie hockte in einem Winkel der Bank und sackte zusammen. Irgend etwas schmerzte in ihrer Brust. Sie fühlte sich ausgestoßen und verkannt. Niemand nahm sie für voll. Nicht einmal die jungen Leute hier. Sie würde gehen und nie mehr wiederkommen. Ja, würde sie sagen, wenn sie Claudia zur nächsten Zusammenkunft einlud, ja, ich werde sehen, ob sich das arrangieren läßt. Und dann würde sie wegbleiben, sollten sie sich nur den Kopf zerbrechen, warum. Und sollte sie Claudia noch einmal einladen, würde sie so tun, als ob sie sich nur

54

noch schwach an sie erinnere. Ach, ja richtig, in dieser Kirche damals. Nein, danke, ich werde keine Zeit haben, ich habe eine andere Aufgabe übernommen. So irgendwie würde sie das machen.

Doch dann spürte sie plötzlich Wärme neben sich, ein Arm legte sich um ihre Schultern, und sie hörte die Stimme von Thomas ganz nah an ihrem Ohr. «Und du arbeitest dich in den Fall Ahmed Mahmoud ein», sagte er. «Sieh zu, daß du ihn so bald wie möglich selbst übernehmen kannst. Wenn du nicht weiter weißt, helfen wir dir, das ist ja klar. Sieh dir den Fallbericht an, da findest du alles über ihn und auch das ganze Wieso und Warum. Ich freue mich, daß du bei uns bist.»

«Ich auch», sagte Simona mit erstickter Stimme. «Ich werde alle meine Tanten und Onkel um Geld für Briefmarken angehen.»

«Tu das», sagte Thomas und lächelte.

Als sie wieder in der Sakristei waren und ihre Anoraks und Parkers anzogen, bat Simona, noch einmal Licht in der Kirche zu machen, sie hätte etwas in der Bank liegen lassen.

Thomas knipste den Schalter an, und sie lief hinaus. Aber Simona hatte nichts vergessen. Sie wollte nur einen Augenblick in der Kirche allein sein.

«Hörst du mich?» fragte sie die Stille. Und dann befahl sie ein bißchen ungeduldig: «Also hör mir gut zu! Hilf mir in Französisch, ja? Hilf mir nur ein bißchen. Nur . . . damit ich helfen kann.»

Bert notierte aus dem Fallbericht:

Gefangener: Pablo Mendoza Simón

Status: Adoption

Alter: 27

Beruf: Fabrikarbeiter in der Kühlschrankfabrik Mirandor

Verhaftung: 23. September 1972 vor dem Kloster San Esteban bei Simancas

Beschuldigung: Unerlaubte Verbindungen und rechtswidrige Propaganda

Gerichtsverfahren: Noch kein Datum

Gerichtsurteil: Keines

Gesetzgebung: Artikel 172-174 und 251 des span. STGB

Gefängnis: Prisión Provincial in Valladolid

Gesundheit: Unbekannt

Familie: Seine Frau, Sra. de Mendoza Simón, zwei Kinder

Adresse: Calle Primavera 31, Valladolid

Sprache: Schreiben Sie dem Gefangenen und seiner Frau in Spanisch; Spanisch, Französisch oder Englisch an die Behörden.

Wir haben über diesen Gefangenen aus einer großen Zahl von Berichten in der spanischen Presse Informationen erhalten. Pablo Mendoza Simón gehörte einem Kreis von Gewerkschaftern an, die sich im Kloster San Esteban in unregelmäßigen Abständen mit Wissen und Unterstützung des Abtes (er zählt zu den Verhafteten) trafen. Mendoza war einer der Initiatoren des Streikes am 7. September, der ausbrach, weil sich die Geschäftsleitung der mit italienischer Beteiligung erbauten Kühlschrankfabrik Mirandor weigerte, der Forderung der Arbeiter nach einer Verkürzung der 48-Stunden-Woche um vier Stunden nachzukommen, was für die Arbeiter einen arbeitsfreien Samstagnachmittag bedeutet hätte. Außerdem entließ die Geschäftsleitung fristlos mehrere legal gewählte Vertreter der offiziellen Gewerkschaft (Sindicato), die an den Verhandlungen teilgenommen hatten. Dieser Streik vom 7. September führte in anderen Betrieben Valladolids zu Sympathiestreiks. Auf ihrem Höhepunkt erfaßte die Streikwelle nahezu fünfzehntausend Arbeiter.

Die Geschäftsleitung von Mirandor ordnete daraufhin die Entlassung von mehr als zweitausend in den Streik verwickelten Arbeitern an. Wenn auch viele dieser Arbeiter später unter der Bedingung wiedereingestellt wurden, daß sie sich für die 48-Stunden-Woche erklärten, war die Massenentlassung für eine größere Anzahl Arbeiter endgültig. Offizielle Stellen sprechen von achtundneunzig, die Gewerkschaften von dreihundert. Zusätzlich haben die siebenundsiebzig Vertreter der Arbeiterschaft in der Sindicato und die zwanzig Inhaftierten ihre Arbeit verloren, darunter Mendoza. Sie werden vor Gericht der illegalen Propaganda, unerlaubter Verbindungen und/oder der Störung der öffentlichen Ordnung angeklagt.»

Bert blätterte weiter. Da waren zwei Briefe seines Vorgängers an die Frau Mendozas, zwei Briefe an Pablo Mendoza und ein Brief an das Justizministerium. Keine einzige Anwort.

Der erste Brief an Mendozas Frau lautete auf Deutsch ungefähr so:

Sehr geehrte Frau Mendoza Simón,

ich habe von der Verhaftung Ihres Mannes erfahren und möchte Ihnen zusammen mit meinen Freunden gerne helfen. Wir tun das nicht aus politischen Gründen, sondern aus Mitgefühl mit Ihrem schweren Schicksal.

Wir sind eine deutsche Gruppe, die zu einer internationalen Organisation gehört, die sich amnesty international nennt. Das ist keine politische Organisation, sondern eine rein humanitäre, die sich zum Ziel setzt, die Lage der Gefangenen in aller Welt zu verbessern. Amnesty international existiert bereits mehr als zehn Jahre. Vor drei Jahren haben wir mit dem spanischen Justizministerium eine Übereinkunft getroffen, die eine Korrespondenz zwischen uns und den von uns adoptierten Gefangenen ermöglicht. Daher hoffen wir auch, bald mit Ihrem Mann Kontakt aufnehmen zu können. Bitte schreiben Sie uns. Informieren Sie uns bitte über Ihre Situation und Ihre schwierigen Probleme. Wir möchten alles tun, was wir können, um Ihre Lage zu verbessern.

Gott schütze Sie viele Jahre!

Bert war ein junger Mann, der nicht lange fackelte. Er setzte sich hin und entwarf einen Brief an Señora Mendoza, in dem er schrieb, daß er ihr zunächst dreitausend Pesetas überweisen werde und sie bat, sie solle ihm doch sagen, wie es ihr gehe, und ob Sie eventuell mehr Geld brauchen könne.

Sein zweiter Brief ging an das Justizministerium. Er habe, so schrieb er auf Deutsch, endlose Geduld gezeigt, jetzt aber wolle er endlich wissen, in welchem Gefängnis sich Pablo Mendoza Simón aufhalte. In den spanischen Zeitungen vom September 1972 hätte ja genug über Mendoza gestanden; Mendoza wäre damals im oder vor dem Kloster San Esteban mit anderen verhaftet worden.

Anschließend ließ Bert seine Frau die beiden Briefe ins Spanische übersetzen und schreiben. Er gab sie am nächsten Morgen in der Hauptpost eingeschrieben auf und überwies das Geld.

Als er am Abend die Durchschläge abheftete, fragte er, was denn die Zeile am Ende des Briefes an das Justizministerium bedeute.

«Das bedeutet das gleiche wie die letzte Zeile im Brief an Frau Mendoza», antwortete Angela.

Bert sah sich den Durchschlag an.

«Das sehe ich. Und was heißt das auf Deutsch?»

«Gott schütze sie viele Jahre. Du hast es doch bei der Frau selbst hingeschrieben.»

«Aber nicht beim Justizministerium! Das fehlte noch», schrie er.

«Aber man schreibt es», widersprach Angela sanft.

«Ich wollte aber nicht, daß es in diesem Brief steht.»

Angela sah ihn mit großen Augen an. «Was willst du», fragte sie, «willst du denen die Meinung sagen oder willst du deinem Gefangenen helfen? Wenn du ihnen die Meinung sagen willst, dann darfst du nicht den Namen eines politischen Gefangenen ins Spiel bringen. Dann schadest du mehr als du nützt.»

Bert begann Fürchterliches zu ahnen.

«Dann hast du den Brief an das Justizministerium nicht wörtlich übersetzt?»

«Du willst doch einem Menschen helfen?»

«Ich wollte nur nicht gekrochen kommen», sagte Bert enttäuscht. «Die sollen spüren, daß man sie verachtet, weil sie die Leute wegen ihrer politischen Meinung einsperren.»

«Geht es um dich», fragte Angela, «oder geht es um Mendoza?»

Bert wandte sich ab und starrte ein Bild an der Wand an. Ein Poster mit abstrakten Formen.

«Natürlich geht es um Mendoza, nur . . . Ist es nicht furchtbar, daß wir zu diesen Leuten auch noch freundlich sein müssen?»

«Das tut dir nicht weh.»

«Aber es stärkt sie.»

«Eben nicht. Wer einsperrt, ist immer schwach. Darüber haben wir doch diskutiert. Wer eine andere Meinung nicht erträgt, hat selbst nichts zu bieten. Das darfst du nie vergessen. Und noch eines, du darfst dich mit deinem Fall nicht zu sehr identifizieren, du verlierst sonst die Übersicht. Das ist wie bei einem Anwalt.»

«Ich frage mich, wen wir mehr unterstützen, die Gefangenen oder das Regime.»

«Die Gefangenen!» rief sie aufgebracht. «Wenn du Zweifel hast, dann gib es auf. Um den Gefangenen zu helfen, ist beinahe jedes Mittel recht.»

Zehn Tage später riß Angela die Wohnungstür auf, gerade, als Bert den Klingelknopf drücken wollte.

«Du ahnst es nicht!» rief sie. «Du ahnst es nicht, von wem heute Post gekommen ist.»

Er fragte sofort: «Von Mendoza?»

«Von Mendoza leider nicht, aber sie ist genau so wichtig.»

«Von seiner Frau?»

«Nein», sagte sie kleinlaut, «komm, sieh dir den Brief an, ich habe ihn gleich übersetzt.»

Bert las den Briefkopf:

Ministerio de Justicia

Comisión de Protección y Tutela

Zuerst verstand er kaum, was er las. Doch dann begriff er: Das Justizministerium hatte geantwortet.

Auf Ihren Brief, in dem Sie sich für Pablo Mendoza Simón interessieren, teile ich Ihnen mit, daß sich über ihn keine Angaben in unserem Archiv befinden.

Deshalb ist er in keiner Anstalt, die diesem Ministerium unterstellt ist.

Mehr kann ich nicht für Sie tun.

Gott möge Sie viele Jahre schützen.

«Ist das nicht wunderbar?» fragte Angela.

Bert sah sie verständnislos an.

«Wunderbar?» fragte er. «Vergißt du, was alles mit ihm passiert sein kann? Wenn er irgendwo in einem Grab liegt, befindet er sich auch in keiner ‹Anstalt›, die dem Ministerium unterstellt ist. Und vielleicht ist er noch in Polizeigewahrsam, oder er wird vor ein Militärgericht gestellt.»

Angela sah die Sache anders. Sie stand am Bücherregal und wischte mit der Kuppe des Zeigefingers Staub von einem Brett. «Und vielleicht haben sie ihn gar nicht erwi-ischt», sagte sie in einem seltsamen Singsang. «Und sie geben es nur nicht zu-u.»

Bert zündete sich eine Zigarette an. «Mensch», sagte er dann, «wenn deine Version stimmt, müssen wir ungeheuer vorsichtig sein. Sonst schaden wir ihm nur.»

Er begann im Zimmer auf und ab zu gehen. «Das könnte auch der Grund sein, warum seine Frau nicht antwortet. Vielleicht hat sie von ihm ein Zeichen bekommen, daß er noch frei ist. Am Ende hält sie unsere Briefe nur für eine Finte, für einen Versuch der spanischen Polizei, an Mendoza heranzukommen.»

Bert holte den Fallbericht mit den Fotokopien der spanischen Presseberichte und ließ Angela alle Berichte übersetzen, in denen der Name Mendoza auftauchte.

Übereinstimmend wurde gemeldet, Mendoza sei an jenem Abend mit den anderen Teilnehmern der Versammlung verhaftet worden.

«Und wenn wir an diese Zeitungen in Valladolid schreiben?»

«Das kann nicht schaden», sagte Angela. «Einen ähnlichen Brief könnten wir an das ‹Colegio de Abogados› in Valladolid richten.»

Sie warteten zwei Wochen auf Antwort, dann drei Wochen. Sie schrieben an Señora de Mendoza Simón und warteten wieder.

«Wenn keine Antwort kommt», sagte Bert, «dann

fliege ich mit meinem Chef auf meine Kosten hinunter. Der muß demnächst nach Madrid.»

«Und wie kommst du von Madrid nach Valladolid?»

«Entweder mit der Eisenbahn oder ich miete mir einen Wagen, das muß drin sein.»

Angela rechnete nicht nach, was es kosten würde. Sie fragte nur: «Und wenn sie dich schnappen?»

«Dann muß mein Chef auf die Botschaft.» Bert lächelte. «Aber keine Angst, so schlimm wird es nicht. Du wirst sehen, es klärt sich ganz harmlos auf.»

Simona wetzte unruhig auf ihrem Stuhl hin und her.

«Kannst du nicht still sitzen?» fragte ihre Mutter streng. Sie wandte ihr Gesicht der Sonne zu und hielt die Augen geschlossen.

«Es ist, als hätte sie Quecksilber im Hintern», meinte Vater ungehalten. «Los, genieße doch den Tag. Eigentlich müßtest du vom Schilaufen ein bißchen müde sein.»

Simona hielt die Hand über die Augen und musterte die Berge gegenüber. Sie kannte sie alle. Ihre Eltern und sie kamen öfters im Februar hierher. Zum Schifahren. Vater behauptete, nirgends weit und breit scheine um diese Jahreszeit die Sonne so prächtig wie auf der Schmittenhöhe.

Die Berge gegenüber hießen Kitzsteinhorn und Hoher Tenn und Wiesbachhorn, und das Tal von Kaprun füllte sich mit dunkelblauen Schatten.

«Habt ihr ein paar Schilling für mich?» fragte Simona.

«Wozu?»

«Ich möchte eine Ansichtskarte schreiben.»

Vater zückte die Börse. «Meinetwegen. Vielleicht kannst du dann ein bißchen ruhiger sitzen.»

Simona drängte sich durch die Reihen der Leute, die sich hier in der kräftigen Vorfrühlingssonne bräunten. Es roch nach Sonnenschutzmittel und Rindssuppe. Am Verkaufsstand wählte sie eine Karte mit dem Panorama der Hohen Tauern, dann ging sie zur Südseite der Schutzhütte, wo das Schmelzwasser vom Dach tropfte. Sie hielt die gummierte Seite der Briefmarke unter einen Faden Schmelzwasser. Dann klebte sie die Marke auf.

Am Tisch ihrer Eltern schrieb sie:

Lieber Ahmed, ich habe diese Karte ausgesucht, damit du viel Schnee sehen kannst. Glaube mir, ich würde gerne für dich einige Stunden ins Gefängnis gehen, damit du hier ein bißchen frische Luft schnappen könntest. Wenn wir daheim sind, schreibe ich dir einen Brief.

Herzliche Grüße, Deine Freundin Simona

Eine Weile überlegte sie noch, ob sie dazukritzeln sollte, daß sie die Briefmarke mit Schneewasser benetzt hatte. Dann ließ sie es sein. Die Leute, die die Karte zensierten, könnten das für einen Geheimcode halten, und Claudia hatte ihr immer wieder eingeschärft, man müsse sehr vorsichtig sein und möglichst klar schreiben, damit es ja keine Mißverständnisse gäbe.

«Ich gehe die Karte aufgeben», sagte Simona und wartete keine Reaktion ihrer Eltern ab.

«Wem hat sie denn geschrieben?» fragte Herr Zumbusch seine Frau.

«Keine Ahnung. Wem wird sie schon geschrieben haben? Einer Freundin sicher.»

«Du fragst sie nachher.»

«Warum?»

«Sie könnte ja auch einem Freund geschrieben haben.»

«Na, wenn schon», sagte Frau Zumbusch, «willst du,

65

daß sie es heimlich tut? Ich bitte dich, eine Ansichtskarte!»

Simona kehrte zurück und setzte sich auf die Kante
des Stuhls. «Ich habe Hunger», sagte sie.

«Wir gehen gleich hinein», vertröstete sie die Mutter,
«Laß mich nur noch ein bißchen das Gesicht in die
Sonne halten.»

«Würde man es nicht im Rücken ein bißchen kühl
spüren, könnte man meinen, es sei Sommer»,
brummte der Vater. «Hast du dir die Lippen gut ein-
gekremt, Maus?»

«Ja, selbstverständlich», sagte Mutter.

Simona dachte an Ahmed. Was würde er empfinden,
wenn er die Karte bekam? Gab es in seiner Zelle genug Licht, daß er die Landschaft richtig erkennen
konnte? Diesen kitschigblauen Postkartenhimmel, die
weißen Gipfel der Berge, die gleißenden Hänge im
Sonnenlicht, die violetten Schatten und den bräun-
lichen Dunst über den Ortschaften. Womit hatte sie
ihr Los verdient und womit Ahmed das seine? Gott
konnte das bestimmt nicht gewollt haben. Aber
warum geschah so viel, was Gott nicht wollen
konnte?

Laß nicht zu, daß sie ihn quälen, dachte sie. Bitte,
mach, daß ihm keiner weh tut. Ganz im geheimen
schloß sie einen Handel ab. Wenn du wirklich alles
weißt, weißt du auch, daß mir der Magen knurrt. Ich
werde trotzdem nichts essen, aber dafür, dafür mußt
du ihm helfen. Also, sieh zu und mach etwas! Mach
etwas, mach etwas ... mach etwas ... mach
etwas ...

66

«Sag mal, hörst du nicht?» erscholl da die Stimme ihrer Mutter dicht neben ihr. «Wir gehen hinein, du wolltest doch etwas essen.»

Drinnen fielen die Eltern aus allen Wolken, als Simona erklärte, sie habe keinen Hunger mehr.

Daheim, denkt Ahmed, werden sie nun schlafen. Der Vater, die Mutter, der Bruder, die zwei kleinen Schwestern, und auch Mimouche, die schwarzweiße Katze.

Er hatte seinen Vater nie für einen großen Helden gehalten. Vater war ein bißchen feige, ein bißchen ängstlich, ein bißchen unterwürfig, ein bißchen katzbuckelnd. Er gab jedem recht, der stärker war. Vater arbeitete im engen Kontor eines reichen Händlers. Vater machte unbezahlte Überstunden und hatte keinen Urlaub.

Vater war nicht der Mann, der aufstand, um sein Recht zu fordern.

Vater dachte nicht viel über seine Lage nach. Wenn er dachte, dachte er an seine Familie. Er ertrug alles, erlitt alles, erduldete alles für seine Familie.

Im Gefängnis von Casablanca lernt man seinen Vater verstehen, sagt sich Ahmed.

«Psst, Junge, sag das nicht laut», hatte der Vater gesagt.

«Sieh dich um, es könnte uns jemand hören», hatte er gesagt.

«Mein Chef ist ein guter Mann, er zahlt ziemlich pünktlich», hatte er gesagt.

«Und unser König ist Mohammeds Sohn», hatte er gesagt.

Und er, Ahmed, hatte immer nur gedacht, was bist du für ein kleiner, feiger, schäbiger Vater.

Aber im Gefängnis von Casablanca lernt man seinen Vater verstehen.

Ahmeds Mutter war keine schöne Frau. Sie hatte kurze dicke Beine mit Krampfadern.

Und ihre Figur war durch die vier Kinder nicht schöner geworden. Jedes Kind hatte Mutter lange gestillt.

Ihr Haar war fettig und hing in Strähnen.

Ihre Hände waren rauh, und er wich ihnen aus, wollte sie ihn streicheln.

Und sie war nicht sehr gescheit; sie verstand nicht einmal die Nachrichten im Rundfunk.

Aber im Gefängnis von Casablanca wird jede Mutter klug und schön.

Ihre Wohnung bestand aus winzigen Löchern. Sie hatten nur einen Teppich. Dem war in allen vier Ecken die heilige grüne Farbe des Propheten eingewebt.

Man durfte ihn nur mit bloßen Füßen betreten. Aber es war besser, man ging um ihn herum.

Ahmed schlief mit seinem Bruder in einem Bett. Und seine Schwestern hatten auch ein Bett miteinander.

Einmal hatte er in der Nacht seinen Vater keuchen und stöhnen gehört und gemeint, Vater wäre krank.

Idiot, hatte sein Bruder gesagt, er macht nur der Mutter ein Kind.

Und er, Ahmed, hatte gedacht, bei uns geht es zu wie bei den Tieren.

Aber im Gefängnis von Casablanca wird jede stikkige, übelriechende Wohnung zum Palast.

Daheim, denkt Ahmed, werden sie nun schlafen. Alle. Der Vater, der ein armer Teufel ist.

Die Mutter, der Bruder, die zwei kleinen Schwestern.
Die Katze Mimouche.
Und im Gefängnis von Casablanca, denkt Ahmed,
wird dir morgens um fünf keine Katze federleicht auf
die Brust springen und schnurren ...

Bert schrieb:

Sehr geehrte Herren Redakteure,
ich wende mich zum zweiten Mal an Sie, weil ich auf
meine erste Anfrage keine Antwort bekommen habe.
Es handelt sich um
  Pablo Mendoza Simón
aus der Kühlschrankfabrik Mirandor, den Sie in
Ihrer Ausgabe vom 24. September als verhaftet ge-
meldet hatten. Und zwar soll Mendoza mit anderen
beim Verlassen des Klosters San Esteban bei Simanca
verhaftet worden sein. Auch den Abt meldeten Sie un-
ter den Verhafteten.
Als Angehöriger einer Gruppe von amnesty interna-
tional betreue ich Pablo Mendoza Simón, aber hier
beginnt auch schon meine Schwierigkeit. Wir konnten
nicht herausfinden, wo der Verhaftete sich derzeit be-
findet. Haben Sie noch andere Informationen über
ihn? Wir müssen uns mit ihm in Verbindung setzen,
um ihm helfen zu können.
Haben Sie weitere Meldungen über Mendoza ge-
bracht?
Könnten wir vielleicht die betreffenden Ausschnitte
erhalten?
Falls es nicht möglich ist, uns weiterzuhelfen, bitten
wir Sie, uns die Adresse von Personen zu schicken,
die dies tun könnten (Procuradores, Consejero Nacio-
nal usw.).
Mit bestem Dank im voraus!
Gott behüte Sie viele Jahre.

Es widerstrebte Bert noch immer, diese Floskel zu schreiben. Aber dann sah er auf den Karton an der Wand über seinem Schreibtisch. Und auf den hatte Angela in Blockbuchstaben geschrieben:
WAS DU DENKST,
KANNST DU AUF KLEINE ZETTEL SCHREIBEN,
UND VON DER BRÜCKE AUS
INS WASSER WERFEN
«Angela!» rief Bert.
Als Angela auftauchte und ihn mit großen runden Augen ansah, jammerte er: «Nimm den Brief weg, bevor ich den letzten Satz wieder streiche.»

Es schellte. Mit einem Handgriff wollte Bert den Wecker zum Schweigen bringen. Erst als er wach war, merkte er, daß nicht der Wecker klingelte, sondern das Telefon.
Er rannte hinaus in den Flur und meldete sich. «Mensch», raunzte er, «müßt ihr ausgerechnet mitten in der Nacht anrufen?»
Im Hörer rauschte es, dann sagte eine fremde Frauenstimme: «Ici Bayonne. Un instant, Monsieur, on vous demande.»
Dann war eine Männerstimme am Apparat, aber die sprach nicht Französisch, sondern eine andere Sprache, die er nicht verstand.
«Moment!» schrie Bert, und dann rief er Angela. Als sie nicht kam, knallte er den Hörer neben den Apparat und riß Angela brutal aus dem Schlaf. «Bayonne ist am Apparat», schrie er aufgeregt, «da spricht einer spanisch.»

72

«Spanisch?» fragte sie und sah ihn mit leeren Augen an.

«Hej, aufwachen!» Er hob sie hoch und trug sie zum Telefon, setzte sie dort hart auf den Boden und drückte ihr den Hörer in die Hand.

«Hallo?» sagte Angela und unterdrückte ein Gähnen.

«Hablo con el Señor Degenhart?»

«No, aquí habla la Señora Degenhart. Comprendo un poco el español.»

«No he podido escribir desde España. Llamo de Bayonne. Pablo Mendoza Simón. Comprende usted?»

«Usted es el Señor Mendoza?» rief sie.

«No, tengo soló noticias para usted. Mendoza no está detenido. No han pescado a Mendoza. Me entiende?»

«Si, Mendoza no está detenido.»

«Mendoza está libre. Debo decirselo de parte de su mujer. Ella no puede escribir esto.»

«Si, lo entiendo. Ha recibido usted nuestro dinero?»

«Si, si, Señora. Muchas gracias.»

«Puede usarlo?»

«Naturalmente, Señora. Los dos niños están enfermos. Gravemente enfermos.»

«Enviaremos más dinero en seguida. Y nos dirigiremos solamente al Señor Mendoza.»

«No, también a veces a las autoridades. Sabe porqué?»

«Si, lo sé.»

«Gracias. Que Dios sea con usted!»

«Ebenfalls», sagte sie gedankenverloren. Triumphierend legte sie den Hörer auf. Dann fiel sie ihrem Mann um den Hals. «Hast du es mitgekriegt?» fragte

73

sie. «Oh Gott, ich möchte Ethel aufwecken und mit ihr spielen.»

«Ich habe immer nur Mendoza und Bayonne verstanden», brummte Bert.

«Es ist, wie ich es mir gedacht habe!» rief sie und streckte sich. «Sie haben ihn nicht erwischt! Ha! Sie haben ihn nicht erwischt!»

«Mendoza ist frei?»

«Ja.»

«Und wir suchen ihn in allen Gefängnissen und schreiben an alle möglichen Stellen!»

«Er meinte, wir sollen weiter schreiben, fragen und bohren. Verstehst du?»

«Offiziell wissen wir also nichts davon. Und seine Frau hat das Geld bekommen?»

«Ja. Aber sie kann sich nicht gut melden; die suchen doch ihren Mann.»

«Ich verstehe.»

«Wir müssen gleich morgen wieder etwas locker machen. Ihre beiden Kinder sind krank. Er sagte: schwer krank.»

«Wenn wir das gewußt hätten! Hast du gefragt, wie alt sie sind?»

«Das habe ich vergessen.» Sie ärgerte sich über sich selbst. «Vielleicht fahren wir Ostern hinunter?»

Bert schien zu überlegen.

«Ach», seufzte sie, «mir ist ganz flau im Magen. Ich muß etwas essen.»

Bert sagte: «Ich stecke den Apparat um und rufe die anderen an.»

74

«Jetzt?» Sie schaltete Licht in der Küche an und sah zur Uhr. «Es ist kurz vor zwei.»

«Und? Eine gute Nachricht kommt immer zur richtigen Zeit.»

Bert trug den Apparat ins Wohnzimmer, streckte sich auf dem Teppichboden aus und wählte die Nummer von Thomas. Es dauerte eine Ewigkeit, bis Thomas sich meldete.

«Bernau», sagte Thomas verschlafen.

«Hier ist Bert. Mensch, schimpf nicht, hör mir erst zu.»

«Also gut. Was ist?»

«Wir haben Nachricht über Mendoza bekommen.»

«Und das fällt dir jetzt ein?»

«Wir haben vor zehn Minuten einen Anruf bekommen. Aus Bayonne.»

«Bayonne, Bayonne, wo liegt denn das?»

«In Frankreich, aber frag mich nicht, wo. Du, stell dir vor, die haben Mendoza gar nicht verhaftet. Wir müssen die ganz schön verrückt gemacht haben mit unseren Briefen. Die Polizei hat ihn gar nicht erwischt.»

«Aber es stand doch in der Zeitung.»

«Vielleicht mußten sie das nur schreiben, damit ihn die Polizei leichter suchen konnte. Oder sie haben einfach die Liste der Leute gehabt, die an der Zusammenkunft teilgenommen haben. Jedenfalls . . .»

«Und wir schreiben für nichts und wieder nichts. Na, den Fall können wir vergessen.»

«Ich weiß nicht. Seiner Frau scheint es ziemlich mies zu gehen. Zwei kleine Kinder. Krank, sagte der

Mann, schwer krank. Und sie scheint gar nicht zu wissen, wo ihr Mann ist. Sie weiß nur, daß sie ihn nicht erwischt haben. Sie hat es nicht gewagt, uns zu schreiben, verstehst du? Morgen schicken wir ihr sofort etwas Geld.»

«Nicht zuviel auf einmal. Lieber öfter.»

«Gut, ich rufe jetzt Claudia an.»

«Bist du verrückt? Am Ende kriegst du den Alten an den Apparat.»

«Dann kann ich noch immer sagen, falsch verbunden.»

«Du kannst ihn nicht einfach aus dem Schlaf reißen.»

«Der schläft das sowieso morgen im Amt nach.»

«Nein, ich bitte dich, Bert.»

«Warum denn nicht?»

«Hör zu», sagte Thomas leise, «aber bitte erzähle es nicht weiter. Claudia ist heute hier geblieben, bei mir. Nicht, was du denkst. Wir haben Briefe an die Zentrale und nach Belgien geschrieben, eine belgische Gruppe hatte nach unseren Erfahrungen gefragt; dann haben wir begonnen, eine Background-Information über Rhodesien zu übersetzen, und plötzlich war es ein Uhr vorbei. Wir sind am Tisch eingeschlafen. Jetzt schläft sie.»

«Dann kannst du ihr das mit Mendoza ja morgen sagen», meinte Bert, «und keine Angst, ich denke gar nichts.»

Als er den Hörer auflegte, stellte Angela das Tablett auf den Fußboden. Sie öffnete die Balkontür, holte die Zweiliterflasche Frascati herein und goß die Gläser voll, dann hockte sie sich neben Bert.

«Da», sagte sie, «diese Nacht macht ein halbes Jahr an Enttäuschungen wett. Ich muß noch ein bißchen reden, sonst denke ich morgen, ich hätte alles nur geträumt. Komisch, als uns das Ministerium damals schrieb, sie hätten keine Unterlagen über Mendoza, habe ich so etwas geahnt.»

«Und ich dachte, sie wollten uns abwimmeln.» Bert stand auf und holte Sitz- und Rückenkissen ihrer Sitzgarnitur. Es wurde ein breites Bett auf dem Boden.

«Das Nachtlager von Granada», sagte Angela. «Herrgott, was man zuwege bringt, wenn man es nur versucht. Daß es so freut, hätte ich nie gedacht.» Sie lief ins Schlafzimmer und kam mit der teuersten Decke zurück, die sie besaßen. Eine Kamelhaardecke. Ein Geschenk ihrer Mutter. Bert nannte die Decke nur «das Kamelhaar deiner Mutter».

«Jetzt lassen wir es nicht im Stich», sagte sie, als sie wieder lag.

«Was denn?»

«Unser Telefon.»

«Nein. Ich war wohl ein bißchen grob. Aber ich mußte dich doch wach kriegen, was fange ich mit einem an, der spanisch redet.»

«Macht nichts», sagte sie. Dann fuhr sie hoch. «Wo mag Mendoza jetzt wohl stecken?»

«Irgendwo, wo er sicher ist.»

«Ob er ein Bett hat, eine Decke, ein Dach über dem Kopf?»

«Ich nehme es an.»

«Wo ist man sicher?» fragte sie leise.

«Im Saferaum einer Bank. In einer ausländischen Gesandtschaft. In einem Kloster . . .»

«Kloster?» Sie blickte ihn überrascht an. «Du, das könnte tatsächlich stimmen.»

«Wieso kommst du darauf?»

«Die Stimme am Telefon. Sie war ein bißchen salbungsvoll.»

Bert lächelte. «Träume von der Stimme», schlug er ihr vor. Dann knipste er das Licht aus.

Es klingelte. Zweimal kurz, einmal lang. Das war für ihn. Hanno klappte mit einem Seufzer sein Buch zu, lief in den Flur und machte die Tür auf.

Draußen stand Violet. Sie schwenkte einen etwas verschmuddelten Brief, lachte und sagte: «Hello, may I come in?»

«Of course», sagte Hanno. «Come in. Ich bin gerade fertig. Toll, daß du einfach so kommst.»

Hanno gab ihr auf jede Wange einen flüchtigen Kuß. Sie hatte eine phantastisch zarte Haut. «Mhm!» machte er, «du riechst irrsinnig aufregend.»

Er raffte Pulli, Cordsamthose und gebrauchte Socken von seinem pompösen alten Ledersessel und ließ alles im Schrank verschwinden. «Please, take a seat. Oh, Violet, you have such beautiful eyes.»

«Here», sagte sie ungerührt und reichte ihm den Brief, «that's for you.» Und dann erklärte sie, warum der Brief ein bißchen lang unterwegs war. Abrahams Kontaktmann in Nairobi sei krank gewesen.

Er bedankte sich überschwenglich, legte den Brief auf den Tisch, kratzte sich am Kopf und fragte: «Was willst du lieber, Kaffee oder Tee? Du hast Glück. Heute morgen kam ein Paket von daheim. Mit einem Kuchen von meiner Mutter. Er ist vielleicht nicht first class, aber es bleibt zu würdigen, daß meine Mutter einen Kuchen selber bäckt. Mutter drückt ihre Liebe in selbstgebackenen Kuchen aus, verstehst du? Bleibst du zum Abendessen?»

«Ich habe Whisky mitgebracht», sagte sie, «and I would like a cup of coffee.»

«I'm sorry», rief er, «Here I'm asking you what you

would like, and I don't even wait for an answer. Soll nicht wieder vorkommen.»

Er füllte etwas Nescafé in zwei Tassen, stellte sie auf das kleine Tischchen und schaltete den elektrischen Wassertopf ein. Dann öffnete er den Brief.

«Oh», rief er, «von Frau Nkala. Sie bedankt sich für die 125 Dollar, die du auf den Weg gebracht hast.»

Er lief zu ihr und legte seine Hand auf ihre Schulter. «Du bist ein Engel, sie hat es sehr gut brauchen können.»

«Das kann ich mir vorstellen. Wie geht es ihrem Mann?»

«Er leidet unter der Trennung von den Kindern. Die zwei Großen dürfen ihn nicht mehr besuchen, weil sie inzwischen über sechzehn sind. Mit den beiden jüngeren war sie bei ihm.»

Violets Gesicht wurde hart. «Die Weißen sollen sich nicht wundern, wenn die Schwarzen eines Tages furchtbar zurückschlagen.»

«Ich weiß», sagte Hanno leise. «Und dann wird man wieder die Schuld den Schwarzen geben und nicht den Weißen, die den Kessel anheizten und auf Überdruck brachten.»

Hanno stand auf und goß das Kaffeewasser ein. «Ich muß den Brief weiterschicken», sagte er. «Das Geld war ja nicht von mir. Da ist eine Gruppe, die ist unheimlich gut im Geldauftreiben. Die schickt immer wieder etwas.»

Violet lehnte sich in den altmodischen Ledersessel zurück. «Ich möchte erst ein Kind haben», sagte sie, «wenn ich genau weiß, wie man es zur Toleranz er-

zieht. Wie kommt es zu gewaltsamen Auseinanderset-
zungen?»

«Meine Theorie ist, wenn die Verteilung der Rechte
nicht ausgewogen ist. Wenn die eine Gruppe Vorteile
genießt, muß notwendigerweise die andere Nachteile
erdulden. Das hast du in Irland, in Nord- und Südamerika, in Afrika. Das hattest du auch in den
Bauernkriegen. Es gibt heute noch Grafen in Deutschland, die riesige Besitzungen haben, und nur deshalb,
weil einer ihrer Vorfahren die Bauern hinschlachtete,
zu deutsch: die Ordnung wiederherstellte, die die un-
gleiche Verteilung von Rechten besiegelte.»

«Und wie verhindert man, daß bei einem Umsturz das
Unrecht nur neu verteilt wird?»

«Indem man freiwillig auf Vorrechte verzichtet.»

«Und wer tut das?»

«Ja», fragte Hanno zurück, «wer tut das?»

«Mensch», sagte Makki zu Martin, «jetzt steht schon wieder ein Schlitten da drüben. Ich rieche durch die geschlossene Tür, daß in dem Wagen einer von der Polente sitzt. Denen paßt es nicht, daß dein Laden floriert.»

Martin Coster ging zur Ladentüre und spähte über den oberen Rand eines Plakates, das die Jam Session einer schwarzen Band ankündigte.

Er bekam ein flaues Gefühl in der Magengegend. «Was soll ich nur tun?» sagte er. «Ich kann doch nichts dafür, daß unsere Leute hierherkommen und miteinander diskutieren. Schließlich beeinflusse ich sie nicht. Natürlich kann ich mir denken, daß sie nicht nur nette Dinge über die Weißen sagen. Ebenso, daß Martin Luther King heute für sie passé ist. Wenn du Tag für Tag erlebst, daß der Weiße nur eine Sprache spricht, nämlich die der Gewalt, dann braucht sich keiner darüber zu wundern, wenn wir diese Sprache erlernen, auch wenn es schwerfällt. Damit wir eines Tages so mit ihnen sprechen können, wie sie es verstehen. Meine Schuld ist es nicht, daß die Bürgerrechtsbewegung vor die Hunde gegangen ist. Und ich habe weder Leroi Jones noch Rap Brown und schon gar nicht Stockeley Carmichael und Charles Hamilton veranlaßt, ihre Gedanken schriftlich niederzulegen und zu veröffentlichen. Daß ich die Bücher, die ich bestelle, auch verkaufe, das allein ist noch nicht strafbar. Es ist ja keine verbotene Literatur.»

«Ich will dir ja nicht Angst machen», meinte Makki,

«aber die haben irgendeine Gemeinheit vor, das spüre ich.»

«Was können die schon machen? Es ist alles in Ordnung», versuchte Coster sich selbst zu beruhigen. «Die Geschäftsbücher sind ordentlich geführt, die Rechnungen zahle ich pünktlich. Sie sollen mich in Ruhe lassen. Ich lasse sie auch in Ruhe.»

«Du hast dich doch auf nichts mehr eingelassen?» fragte Makki vorsichtig.

«Du meinst mit Schnee? Nein, mein Lieber, das habe ich mir geschworen. In so etwas tappt man nur einmal rein. Zwölf Jahre habe ich dafür gesessen. Für eine reine Gefälligkeit. Ich frage mich, ob sie mich nicht schon damals reingelegt haben. Zwölf Jahre, das reicht. Sie sollen mich in Ruhe lassen. Sie können den ganzen Laden auf den Kopf stellen, sie werden kein Stäubchen finden.»

«Hoffentlich tun sie es nicht», sagte Makki. Sie würden den Laden auseinandernehmen. Und er dachte daran, wie es gewesen war, als das Haus seiner Eltern niederbrannte. Seine Eltern waren verreist gewesen. Niemand hatte das Feuer gemeldet; niemand hatte es gelöscht. Die Feuerwehr kam einfach nicht. Und die Polizei fand es nicht der Mühe wert, eine Untersuchung einzuleiten. Es war ja nur das Haus eines Niggers.

Als Makki sah, daß Martin ganz grau im Gesicht war, kramte er ein bißchen Trost hervor. Aber er kam sich selber verlogen dabei vor. «Vielleicht haben sie es gar nicht auf dich abgesehen», sagte er, «vielleicht wollen sie nur wissen, wer hier aus- und eingeht.»

«Ich fürchte mich nicht vor dem Sterben», sagte Martin.

Und Makki dachte, armes Schwein, dich brauchen sie gar nicht umzulegen.

Liebe amnesty-Freunde,

durch Zufall sah ich unseren Reverend von der Methodistenkirche schon von weitem. Ich ahnte nicht, daß er zu mir kommen würde, vor allem nicht, mit einer so großen Hilfe. Ich habe Gott gedankt und ihm gesagt, wie sehr Ihr mir geholfen habt. Er wird es Euch gewiß vergelten, so wie er andere strafen wird.

Ich war vor kurzem in Gonakudzingwa und habe dort meinen Mann sehen und sprechen können. Leider ließen sie mich nur mit Lazarus und Rachel vor, weil die beiden anderen schon über sechzehn sind. Wir haben alle sehr geweint, weil er die Großen nicht sehen durfte. Es ist ein trostloses Lager, und selbst da ist er noch von den anderen isoliert. Nicht einmal der Pfarrer darf zu ihm.

Wie können Leute das anordnen, die zu einem Erlöser beten, der ebenfalls nur seiner Gesinnung wegen angeklagt und getötet wurde? Es ist ein großer Trost für mich, zu ihm beten zu dürfen, weil er auch unterdrückt und gefoltert wurde und mich deshalb gut verstehen kann.

Eine kleine Freude ist auch, daß mein Mann im Lager Politik und Ökonomie studiert hat, obwohl er kaum Hoffnung hat, das jemals anwenden zu können. Außer, Gott schickt ein Wunder.

Am letzten Sonntag hat unsere ganze Gemeinde in der Kirche für Euch gebetet. Gott segne und beschütze Euch.

Das ist mein Gruß

Jessica Nkala

Brigitte zog das Blatt mit der Übersetzung aus der Schreibmaschine und faltete es zweimal. Thomas hatte ihr den Brief vorbeigebracht und sie gebeten, ihn gelegentlich dem Spender zu zeigen, mit der Übersetzung, da er wahrscheinlich nicht so gut Englisch könne.

Sie ging hinüber zu den Kindern und sagte: «Kommt, wir fahren ein bißchen hinaus. Es ist ein schöner Tag.»

«Hast du geweint?» fragte Florian und guckte sie durchdringend an.

Sie schniefte und gab zu, daß sie ein bißchen geweint habe.

«Warum?»

«Ich habe etwas Trauriges gelesen.»

«Muß ich auch weinen?»

«Nein, du nicht.»

«Und Petra?»

«Die auch nicht. Guck, ich weine auch nicht mehr.»

«Was ist traurig?»

«Wenn die Menschen nicht gut zueinander sind.»

«Und was ist gut?»

«Wenn man den anderen lieb hat.»

Er legte die Arme um sie. «Ist das gut?»

«Ja, das ist gut.»

«Ich auch», rief Petra und legte ihre Ärmchen um Brigittes Hals.

«So, aber jetzt müssen wir uns beeilen!» rief Brigitte schließlich. «Sonst wird es dunkel, ehe wir wieder daheim sind.» Sie lief in die Küche, wärmte Milch und verrührte sie mit Instantkakao, füllte das Ge-

86

tränk in eine Thermosflasche und packte dann die Brötchen in das Körbchen.

Heinz ging an manchen Tagen nachmittags zu Fuß in die Bank, damit sie den Wagen für sich und die Kinder hatte. Heute hatte sie ihn, und sie fuhr aus der Stadt hinaus in Richtung Süden, verließ dann die Hauptstraße und stand eine Weile vor einer Bahnschranke.

Die Kinder freuten sich immer, wenn sie auf einen Zug warten mußten, besonders, wenn sie als erste an der Schranke standen. Vor dem nächsten Dorf bog Brigitte in einen Feldweg ein und landete auf einem Hof zwischen Bretterstapeln und Booten. Die Kinder jubelten, als sie die Boote sahen und kletterten sofort in das erste beste.

«Bleibt hier», rief Brigitte, «Mami kommt gleich.»

Sie ging auf die kleine Werkhalle zu, in der gerade eine Kreissäge aufheulte.

Drinnen empfing sie der penetrante Geruch eines Kunstharzlackes. Im dämmrigen Licht sah sie einige Männer vor einem Kajütkreuzer stehen. Als sie husten mußte, fuhren sie herum.

«Ich heiße Barling», sagte sie, «kann ich Herrn Jakober sprechen?»

Ein Mann in einer Wolljoppe reckte sich. «Ja?»

«Thomas Bernau schickt mich, ich soll Ihnen etwas ausrichten.»

Der Mann kam auf sie zu, sah sie prüfend an, reichte ihr die Hand. «Ja?» fragte er wieder.

Sie blickte nach draußen. «Können die Kinder in dem

Boot dort etwas anstellen?» fragte sie. Dann hustete sie wieder.

«Ich glaube, es ist besser, wir gehen hinaus», schlug er vor. «Sie vertragen den Lackgeruch nicht.»

«Sie haben Thomas einmal Geld gegeben», sagte Brigitte draußen. «Er findet, Sie sollten wissen, was daraus geworden ist. Hier ist der englische Originalbrief und hier die Übersetzung.»

Der Mann wurde rot. «Ach», sagte er, «soll er doch nicht soviel Aufhebens davon machen. Ich hab es ihm einfach gegeben.»

«Lesen Sie den Brief trotzdem, man kann eine Menge daraus lernen.»

Jakober griff nach der Originalfassung. «Aha», sagte er, «so sieht er englisch aus. Ganz saubere Schrift, nicht? Ich meine, es ist doch . . .»

«Eine Schwarze», sagte Brigitte, «eine Afrikanerin.»

«Ah, da hat sie zum Schluß sogar von Gott geschrieben. Ist sie vielleicht sogar katholisch?»

«Nein, sie ist Methodistin.»

«Und Jessica heißt sie. Kommt der Name nicht in der Bibel vor?»

«Ich glaube.»

«Was ihr euch für Mühe macht», brummte er bewundernd.

«Hier ist der deutsche Text», sagte Brigitte, dann rief sie: «Florian, bitte nicht auf den Holzstapel!»

«Lassen Sie ihn», sagte der Mann, «ist ja ein Bub.» Dann hielt er den Brief wie einen Bootsbauplan vor sich hin und las. Nach einer Weile räusperte er sich und wandte sich ein bißchen ab.

«Florian, nicht so hoch hinauf!»

«Er tut sich nicht weh», sagte Jakober, «lassen Sie ihn. So ein Holzstapel ist ein Paradies für einen Buben.»

Brigitte lächelte. Dann hob sie Petra hoch, die mit ausgestreckten Armen angelaufen kam.

«Der Wind», sagte Jakober. Er räusperte sich und wischte sich über die Augen. «Und das grelle Frühjahrslicht, und der Gestank da drinnen und dann das grelle Licht hier draußen.» Er rieb sich die Lider. «Kein Wunder, wenn man Bindehautentzündung bekommt.» Dann las er fertig. Er hustete. «Ja», sagte er schließlich, und dann starrte er auf den Boden. «Sie schreibt sehr christlich, nicht?» fragte er Brigitte.

«Ja, es ist richtig beschämend.»

«Man vermutet das gar nicht. Ich meine, man erwartet es nicht so. Ist schon eigenartig. Und dumm ist ihr Mann gewiß nicht. Die Dummen sperrt man ja auch nicht ein. Gefährlich sind immer nur die Gescheiten. Sie sehen ja», bekam er wieder Oberwasser, «ich laufe frei herum.»

«Ich auch», sagte Brigitte kleinlaut.

«Kann ich die Übersetzung behalten?» fragte der Mann bescheiden. Und Brigitte dachte, daß seine Augen außergewöhnlich seien.

«Zu dumm, ich habe keinen Durchschlag gemacht. Haben Sie eine Schreibmaschine? Ich tippe es Ihnen schnell herunter.»

Er führte sie in einen kleinen Verschlag, den er Büro nannte und der durch ein großes Glasfenster von der Werkstatt getrennt war.

«Hier», sagte er freundlich, «hier ist Papier, und da ist die Schreibmaschine.» Er nahm den Plastikbezug herunter und behielt ihn in den Händen. Als Brigitte fertig war, lobte er sie und stülpte die Plastikhaube sofort wieder über die Maschine.

«Das ging aber schnell.» Er konnte es nicht fassen. «Und Sie machen das mit allen zehn Fingern. Ich kann es nur mit den Zeigefingern.»

«Dafür verstehe ich nichts vom Bootsbau», sagte sie und streckte ihm die Hand hin, «noch einmal recht schönen Dank.»

«Warten Sie», sagte er, «ich hab da . . .» Er holte einen Schlüsselbund aus der Joppentasche und schloß den altertümlichen Tresor auf. «Hier», sagte er und blätterte drei Hunderter hin. «Bringen Sie das wieder auf den Weg. Mit einem schönen Gruß von mir. Und ich wünsch ihr, daß sie wieder mit ihrem Mann zusammenkommt. Gelt?»

«Das ist lieb von Ihnen. Aber deshalb bin ich wirklich nicht hergekommen . . . Ich schreibe Ihnen eine Quittung», fügte sie schnell hinzu.

«Braucht's nicht», wehrte er ab.

«Doch, das muß sein.»

Er waf die Quittung gleich in den Papierkorb.

«So», sagte er, «und Sie helfen Thomas, obwohl Sie zwei Kinder haben.»

«Ich möchte viel mehr helfen. Wenn man so einen Brief liest, weiß man erst, was für Freuden man haben könnte, wenn man noch mehr tun würde.»

«Ja», sagte er und öffnete die Tür.

Florian stand strahlend draußen. Er war ziemlich

schmutzig. Aber er hielt ein kleines Brett vor sich, auf das er eine Menge Klötzchen getürmt hatte. «Mama», rief er, «schau, was ich bekommen habe!»

«Von wem denn?»

«Von einem Mann da drinnen.»

«Florian, so viel.»

«Kann ich alles furchtbar brauchen.»

«Lassen Sie ihn, er ist halt ein echter Bub.» Jakober lächelte. «Schöne Haare hat er. Gelt, holst dir wieder einmal Klötze. Jetzt weiß ja die Mama den Weg.»

Da rief Petra: «Mami!»

Brigitte fuhr erschrocken herum.

Petra hockte hoch oben auf einem Bretterstapel, schlenkerte mit den Beinen und war stolz, daß sie es ohne fremde Hilfe geschafft hatte.

«Was wollen Sie», sagte Jakober, «sie ist halt ein echtes Mädel.»

«Kommen Sie nur herein, Thomas», sagte der Professor. «Nehmen Sie Platz. Tee, Kaffee oder etwas Scharfes?»

«Ich will Sie nicht lange aufhalten.»

«Tun Sie nicht. Ich habe Zeit. Heute den ganzen Nachmittag. Nach einer so anstrengenden Reise und nach dieser Unzahl von Gesprächen und Unterredungen – kennen Sie übrigens den Unterschied zwischen Gesprächen und Unterredungen? Ich nicht – muß man wieder zu sich selber kommen. Vielleicht einen Wodka zum Aufwärmen?»

Thomas beobachtete seinen Gastgeber, wie er über den Buchara zu einem Biedermeierschrank schritt, eine Flasche und zwei Gläser herausholte und an den Tisch zurückkehrte. Ihm war nicht im geringsten anzumerken, daß er weit über sechzig war. Zu bemerken war lediglich, daß er in «gesicherten Verhältnissen» lebte. Gesicherte Verhältnisse ergaben sich aus der Pension eines Hochschullehrers, den Einnahmen aus Patenten auf dem Gebiet der Reinigung von Industrieabwässern, dem Einkommen aus einem Beratervertrag für einen Großkonzern, dazu kamen noch hin und wieder Honorare für die Erstattung von Gutachten, für wissenschaftliche Veröffentlichungen. Ganz zu schweigen davon, daß der Professor nicht von der Nullmarke an hatte aufbauen müssen.

«Wenn Sie sich etwas ansehen wollen», sagte er, während er einschenkte, «den Samowar habe ich mitgebracht. Ikonen kann man in der SU (er sagte Es-U) nicht mehr kaufen, seit das ein Hobby von westlichen Diplomaten bis hinunter zum Legationssekretär geworden ist. Sehen Sie sich den Samowar ruhig genauer an. Er stammt noch aus der Zeit des alten Heiligen Rußland, das nicht minder grausam war als die SU. Hier, der zaristische Adler mit den zwei Köpfen, ein tiefsinnigeres Symbol gibt es nicht.» Der Professor reichte Thomas ein Glas und prostete ihm zu.

«Nastrowje!» sagte er.

«Zum Wohl», sagte Thomas und räusperte sich.

«Waren Sie schon einmal in der SU, Thomas?»

«Nein.»

«Sollten Sie nicht versäumen. Über Amerika hinwegfliegen, von der Ost- zur Westküste, gut und schön. Aber den Begriff eines Riesenreiches bekommen Sie erst, wenn Sie über die SU hinwegfliegen. Das Land wird auch durch das Flugzeug nicht wesentlich kleiner, als zu der Zeit, da man es noch auf der Troika durchquerte.»

«Darf ich fragen, ob Sie irgendwelche Nachrichten für mich mitgebracht haben?» fragte Thomas ungeduldig.

«Gerade wollte ich darauf kommen.» Das Gesicht des Professors wurde ernst. «Sie können in der SU mit allen Gesprächspartnern über sehr viel reden. Die Leute sind nicht ängstlich. Man kann mit ihnen ganz offen über die Vor- und Nachteile des kapitalistischen Systems diskutieren. Ja, sogar der eine oder andere Witz ist erlaubt. Nur, wenn Sie einen Partner gefunden haben, von dem Sie meinen, daß er a) über ausreichenden Einfluß und b) über die nötige Toleranz verfügt, und Sie nehmen ihn ein bißchen zur Seite und sagen: ‹Lieber Freund, ich kenne daheim einen jungen

93

Mann, der auf humanitärem Gebiet sehr aktiv ist, der Leute mit Gesinnung betreut, die inhaftiert sind. Also eure Gesinnungsgenossen in faschistischen Ländern meinetwegen, der aber auch einen Fall bei euch hat, und da überhaupt nicht durchkommt. Hätten Sie einen Rat für ihn?› – Es tut mir leid, Thomas, daß Sie es nicht selber sehen konnten. Da gingen sämtliche Jalousien herunter, um nicht zu sagen, das Visier. Und die Atmosphäre wurde eisig. – Darum sagte ich ja vorhin, daß der Doppeladler ein so tiefsinniges Symbol auch für das heutige Rußland ist. Das lachende Gesicht und das kalte, abweisende. Das Gesicht, das angstvoll nach dem Westen sieht und ebenso angstvoll nach dem Osten. Es gibt bei uns eine Menge Schmalspurpolitiker, die alles dem Kommunismus in die Schuhe schieben, was einfach altrussisch ist. Die Schaffung eines Ringes von Satellitenstaaten im Westen der Sowjetunion ist nicht kommunistische Taktik, sondern alte, russische Sicherheitspolitik. Der alte russische Traum von der Sicherheit. Gefängnisse und Straflager für politisch Andersdenkende sind keine sowjetische Erfindung; das hat es in Rußland schon vor Jahrhunderten gegeben. Die psychiatrischen Anstalten, von denen man neuerdings so viel hört und liest, sind nur eine zeitgemäße Verfeinerung der aus der Zarenzeit übernommenen Strukturen.»

«Ist das nicht ein bißchen smart ausgedrückt?» fragte Thomas. «Außerdem habe ich nie geglaubt, die Kommunisten hätten die Unterdrückung Andersdenkender erfunden», sagte Thomas. «Ich sehe das wirklich vollkommen abstrakt. Ich mag niemanden, der Leute einsperrt. Aber ich liebe alle, die ihre Gesinnung oder Idee höher stellen als ihre Bequemlichkeit.»

«Man kann dem Sowjetsystem wie gesagt nicht vorwerfen, es hätte mit Straflagern und der Verfolgung Andersdenkender begonnen. Aber ich werfe ihm vor, daß es damit nicht aufgehört hat. Doch dabei steht ihm offensichtlich die alte russische Tradition im Weg. Und da haben Sie wieder den Adler mit den zwei Köpfen.»

«Das ist alles gut und schön und sicher sehr klug gesehen», sagte Thomas ziemlich laut, «aber es nützt mir nichts, wenn ich weiß, warum ich nicht zu meinem Pjotr durchkomme. Und ich finde, die westliche Wirtschaft könnte da ein bißchen mehr herausholen, wenn sie nur wollte. Andernfalls soll sie zugeben, daß sie nur die Freiheit, Geschäfte zu machen meint, wenn sie von Freiheit redet.»

Der Professor lächelte. «Thomas, Sie vergessen in Ihrem jugendlichen Eifer zweierlei. Erstens, die ungeheure Empfindlichkeit der Russen in Sachen Einmischung in innere Angelegenheiten. Ich überlege mir, wenn ich in der SU bin, etwas über das schlechte Wetter zu sagen, weil sie so empfindlich sind. Und zweitens, und das ist fast noch ein größerer Fehler, Sie übersehen, daß die westliche Wirtschaft eine Sache ist und humanitäre Arbeit eine andere. Die Aufgabe der westlichen Wirtschaft ist nicht, humanitär tätig zu werden, sondern Geschäfte zu machen, und wo man sie noch nicht machen kann, sie einzuleiten und vorzubereiten. Dafür war ich drüben, und ich

95

kann Ihnen sagen, daß der Hunger nach technischem know how unermeßlich ist. Nur hier sehe ich eine Chance für das Durchlässigwerden von Grenzen. Und jetzt lassen Sie den Kopf nicht hängen. Ich bin in etwa vier Wochen wieder drüben. Ich vergesse den Fall nicht. Ich habe von Leuten gehört, die schicken, wenn sie mit der SU korrespondieren, den gleichen Brief dreimal. Unter dem Motto, einer kommt durch. Vielleicht treffe ich schon das nächstemal auf einen, der sein Visier nicht herunterklappt, wenn ich ihm von Ihnen erzähle.»

Atemlos stand Simona vor Thomas' Tür. Sie war den Großteil der Strecke gelaufen, und die drei Treppen hatten ihr den Rest gegeben.

«Hier», sagte sie und streckte ihm einen Brief entgegen. Thomas überflog den Brief. «Na, endlich», sagte er, «komm herein.»

Als sie hinter ihm sein kleines Wohnzimmer betrat, stürzte er zum Tisch, auf dem ein aufgeschlagenes Buch lag, klappte es zu und stellte es weg.

«Entschuldigung», sagte er, «das war wirklich nichts für kleine Mädchen.»

Simona wurde rot.

«Oh, nicht, was du denkst. Aber es ist ein furchtbares Buch. Es ist besser, du siehst es nicht. Du weißt ja, ich will mich später auf Heilpädagogik spezialisieren . . .»

Sie war noch immer ein bißchen eingeschnappt. «Ist schon gut», sagte sie schnippisch.

«Also bitte, hier hast du es. Damit du siehst, es ist wirklich nichts Unanständiges.» Thomas nahm das Buch wieder aus dem Regal und ließ einige Seiten durch die Finger gleiten. «Du mußt wirklich nicht alles sehen.»

Was Simona in Sekundenbruchteilen wahrnahm, war entsetzlich genug. Da waren Kinder mit riesigen Wasserköpfen, krankhaften Verformungen der Gliedmaßen, deformierten Gesichtern, Körpern außerhalb jeder Proportion . . .

Thomas stellte das Buch noch einmal weg. «Wenn man so etwas sieht, werden die persönlichen Sorgen doch sehr klein, nicht wahr?»

Simona wurde wieder rot. «Entschuldigung», bat sie, «ich habe mich nur über die ‹kleinen Mädchen› geärgert.»

«Ist schon gut», sagte Thomas, «aber nun zu deinem Brief.»

«Er ist von der Botschaft», erklärte Simona. «Sieh mal, was hier steht.»

Thomas las:

«Ahmed Mamoud bénéficie comme tout inculpé des règles du Code de Procédure Pénale garantissant les libertés individuelles et les droits de la défense.»

«Ist das nicht wunderbar?» rief Simona.

Thomas nickte, und er dachte, es wäre wunderbar, wenn es tatsächlich stimmte. Warum hatte Ahmed Mamoud kein einziges Mal geantwortet? Zu schreiben, daß Mamoud wie alle Beschuldigten der Strafprozeßordnung unterstellt sei, die die individuellen Freiheiten und das Recht auf Verteidigung garantiere, das war seiner Erfahrung nach ein bißchen dünn. Aber was sollte er sagen, damit er die Kleine nicht enttäuschte? Und vor allem, welchen Brief hatte er im Falle seines Baptisten vorzuweisen?

«Du mußt sofort einhaken», sagte er schnell, «bedanke dich und frage, wann der Prozeß stattfindet. Erinnere wieder an seine Jugend und frage, warum man darauf nicht Rücksicht nimmt. In vielen Staaten würde das geschehen. Ich habe einen Universitätsprofessor an der Hand, er ist international bekannt, den veranlasse ich auch zu schreiben, ganz unabhängig von dir. Vielleicht komme ich auch an einen Politiker heran. Weißt du», sagte er, «es genügt nicht, daß nur

98

wir kleinen Würstchen Briefe schreiben, Päckchen schicken und eine Mahnwache vor einer Botschaft aufziehen, bei der wir auf Plakaten darauf hinweisen, daß in diesem Land politische Gefangene ohne Prozeß Jahre hinter Kerkermauern verbringen oder gar gefoltert werden. Wir müssen dort, wo es noch möglich ist, also zum Beispiel bei uns, die Leute aufrütteln. Keiner Staatsführung kann es egal sein, was man anderswo über sie denkt. Nicht einmal den Supermächten. Und noch etwas dürfen wir nicht vergessen. Wenn wir stets nur Briefe schreiben und Päckchen schicken und zwischendurch seufzen, daß es immer mehr werden, denen man Briefe schreiben und Päckchen schicken sollte, dann sind wir nicht besser als ein gedankenloser Arzt, der immer nur Medikamente gegen bestimmte Symptome verschreibt, sich aber nie fragt, wie er eigentlich die Ursache der Symptome bekämpfen könnte. Amnesty wird das einmal machen müssen. Was treibt den Menschen dazu, andere zu unterdrücken, sie zu verfolgen und zu quälen? Ansätze dazu sind ja schon da. Ich überlege oft, wie muß ein Mensch beschaffen sein, der imstande ist, einen anderen zu foltern? Muß seine Persönlichkeit nicht längst zerbrochen sein, wenn er die eines anderen zerbrechen will? Wie müssen die anderen beschaffen sein, die dabei zusehen können?»

«Ich könnte keine Fliege zerquetschen», sagte Simona.

«Das können die vielleicht auch nicht. – Warum setzt es dann beim Menschen aus?» Thomas schüttelte sich. «Nein, das Problem lösen wir nicht. Ai müßte

99

ganze Gruppen von Wissenschaftern dafür einsetzen. Über das alles müßte einmal gesprochen werden. Auch darüber, wieso haben wir vor zwei Jahren bei unseren griechischen Gefangenen überhaupt nichts erreicht, und wieso hat eine andere Gruppe alle drei Monate einen griechischen Gefangenen aus dem Gefängnis geholt?» Thomas lächelte, «stell dir vor, die haben sich damals sogar eine Schreibmaschine mit griechischer Tastatur gekauft.»

«Toll», sagte Simona, «wenn ich bloß wüßte, wie ich meinen Gefangenen aus dem Gefängnis hole.»

«Ich werde mir etwas einfallen lassen», versprach Thomas. «Eines ist jetzt schon sicher: Den nächsten Brief von der Botschaft bekommst du schneller.»

Sie hatten den Wagen am anderen Ende der Stadt abgestellt und sich dann mit einem Taxi in die Nähe der Calle Primavera fahren lassen. Dann spielten sie harmlose Touristen, die nach pittoresken Motiven Ausschau hielten.

Leider war die Calle Primavera alles andere als photogen. Es war eine enge, leicht gebogene Gasse mit schmalbrüstigen Balkonen an einigen verfallenen Häusern. Auf einem Mauersims lag eine Katze und sonnte sich.

Angela ging vorsichtig auf sie zu und begann sie zu streicheln. Bert knipste das.

«Das nächste Haus muß Nummer 31 sein», sagte er.

Die Katze schnurrte wie ein guter Motor auf Standgas. Plötzlich hieb sie ihre Pranke in Angelas Handrücken, sprang auf das Pflaster und verschwand im nächsten Hauseingang. Calle Primavera 31.

«Autsch, ich blute», sagte Angela. «Dieses Miststück!»

Bert tupfte ihr das Blut vom Handrücken. «Hinter dir sehe ich niemand», sagte er, «wie sieht es in meinem Rücken aus?»

«Da drüben lümmelt ein Bursche in einem Toreingang, ein paar Häuser weiter.»

«Sieht er her?»

«Ja.»

«Und sieht er wie ein Arbeiter aus?»

«Eigentlich nicht.»

«Dann gehen wir weiter.»

«Nein, ich habe eine bessere Idee», widersprach Angela. Sie stellte sich vors Tor von Nummer 31 und rief hinein: «Hallo Katze. Komm, miez, komm!» Sie ging weiter in den lichtlosen Hof, in dem ein Oleanderstrauch kümmerlich dahinvegetierte.

Eine eiserne Treppe führte zu einer Tür im ersten Stock hinauf. Das Geländer hing schief in der Verankerung.

Die Katze lief die Treppe hoch und miaute vor der Tür. Hinter der Tür weinte ein Kind. Die Tür ging einen Spalt auf, und die Katze schlüpfte hinein.

«Señora?» rief Angela. Und als die Tür nicht geschlossen wurde: «Señora Mendoza?»

Jetzt ging die Tür weiter auf. Eine blasse Frau mit wirrem schwarzen Haar und großen tiefliegenden Augen blickte sie fragend an.

Angelas Herz klopfte wie damals, als die Stimme aus Bayonne am Apparat war.

«Permíteme que me presento», stammelte Angela heiser. Dann war es aus mit ihrem Spanisch. «Ich . . .»

«Es usted la Señora Degenhart?» Röte überflog das blasse Gesicht.

«Si, Señora. Y esto es . . .»

«Degenhart», sagte Bert, der begriff, daß ihn Angela vorstellen wollte. «Me llamo Bert Degenhart», erläuterte er noch einmal. Und dann mußte er Angela doch zeigen, daß er nicht umsonst allgemeine Redewendungen gebüffelt hatte. «Molestamos?» fragte er und hoffte, daß er das richtige Wort getroffen hatte. «Stören wir?»

Nun lächelte die Frau zum erstenmal.

«De ningún modo. Mucho gusto en conocerles.»

102

«Wir sind willkommen, und sie freut sich, unsere Bekanntschaft zu machen», übersetzte Angela.

Señora Mendoza führte sie in ein kleines Zimmer, rückte Stühle an einen Tisch, zupfte eine gehäkelte Zierdecke zurecht, bot ihnen Platz an. «Verzeihen Sie, daß ich nicht geschrieben habe. Aber meine Furcht war sehr groß und ist es noch», sagte sie leise. Dann rief sie ihre Kinder. Das Mädchen war hohlwangig und der Junge beinahe durchsichtig. Er sei sehr krank gewesen, sehr krank. Sie knöpfte sein Hemdchen auf und deutete auf eine große Operationsnarbe auf seiner Brust. Er sei am Herzen operiert worden, erklärte sie, schon zweimal.

Die Kinder drückten sich verschämt in eine Ecke und starrten Angela und Bert mit unverhohlener Neugierde an.

Señora Mendoza holte aus einer Lade eine speckige Geldbörse und zählte einige Münzen heraus, dann riß sie ein Stück von einer Zeitung und wickelte die Münzen in das Papier. Das Mädchen sollte laufen und Wein holen.

«Sag ihr, wir hätten genügend Wein im Auto», bat Bert. «Sie soll sich keine Umstände machen. Schließlich sind wir gekommen, um ihr zu helfen.»

Angela sagte ein paar Worte auf Spanisch und erklärte Bert, daß er den Wein nicht ablehnen dürfe, es würde sie kränken.

Als das Mädchen weggelaufen war, setzte sich Señora Mendoza und hob den Jungen auf ihren Schoß. «Er will immer bei mir sitzen», erklärte sie, «aber das geht jetzt nicht, ich werde ihn ins Nebenzimmer schicken. Er darf nicht hören, was ich sage. Es ist besser so.»

«Hier hast du einige Bonbons», sagte Angela und hielt ihm eine aufgerissene Tüte hin. «Später bekommst du mehr.»

Der kleine Junge traute sich nicht, nach der Tüte zu greifen.

«Komm», sagte Angela, «du kannst es ruhig nehmen, für dich und deine Schwester.»

Als er «Schwester» hörte, riß er ihr die Tüte aus der Hand und verschwand im Nebenzimmer.

Die Señora stand auf und kramte in einer Lade zwischen Wäschestücken. «Hier», sagte sie, «das ist mein Brief an euch. Ich habe ihn schon lange geschrieben. Aber ich habe nicht gewagt, den Brief zur Post zu bringen. Die Polizei kontrolliert die Post, und das könnte mir große Schwierigkeiten bringen.»

«Sag ihr, wir hätten uns das schon gedacht. *Sie* müsse sich deshalb *nicht* entschuldigen. Ich wüßte schon, *wer* sich dafür entschuldigen müßte. Sie soll den Brief lieber gleich verbrennen, wenn etwas drin steht, was für sie oder ihren Mann gefährlich werden könnte.»

Señora Mendoza war sofort einverstanden. «Ich kann jetzt ja alles sagen.» Sie ging hinaus in die Küche und verbrannte den Brief in einem Blecheimer. «Es war damals so schwer, meine Freude für mich zu behalten», sagte sie. «Wir haben nicht viele Freuden, und wir haben Sorgen mit unseren Kindern und viele andere Sorgen, aber das war eine Freude, als ein Mann eines Abends an die Tür klopfte und mir zuflüsterte: ‹Einen schönen Gruß von Pablo. Ich soll dir sagen, sie haben ihn nicht erwischt. Er ist ihnen entkommen. Sie suchen ihn überall, aber sie haben ihn nicht erwischt!›»

Wieder überflog Röte ihr Gesicht, bis an den Hals hinunter. Und Bert dachte, wenn sie sich pflegen könnte, wenn sie ein bißchen besser gestellt wäre, wäre sie eine hübsche Frau.

Angela rückte näher zu Señora Mendoza hin. «Ich kann Ihnen gar nicht sagen, wie wir uns freuten, als der Anruf aus Bayonne kam. Wir konnten vor Freude lange nicht einschlafen.»

Die Kleine kam mit einer Weinflasche zurück. Es sei der bessere, sagte sie ihrer Mutter, aber der Tabernero habe ihn ihr trotzdem gegeben, weil Besuch da sei.

Die Señora holte drei Gläser, hielt sie prüfend gegen das Licht, dann bat sie Bert einzuschenken.

Als sie fragte, ob der Wein ihnen schmecke, sagte Bert: «Oh, generoso!» Und er wurde rot, als ihn Angela ganz verwundert anstarrte.

«Dora, geh hinein zu Pablo», befahl Señora Mendoza, als sich Dora neben sie stellte und sich an sie zu schmiegen versuchte. «Pablo hat etwas, das ist auch für dich.»

Dora verschwand ohne Widerspruch.

«Sie bekommt schon viel mehr mit als Pablo», erklärte die Mutter. «Bei ihr muß man richtig vorsichtig sein. Ein Kind plaudert etwas aus; es denkt sich nichts Böses dabei, aber es bringt den Vater damit ins Gefängnis.» Sie seufzte. «Pablo haben sie bei der Firma Mirandor nur deswegen entlassen, weil er sich

105

für seine Kollegen eingesetzt hat. Nach seiner ‹Verhaftung› war er vier Monate ohne Arbeit. Er durfte sich nicht aus seinem Versteck wagen. Jetzt ist es schon besser.» Sie senkte ihre Stimme. «Er arbeitet wieder», flüsterte sie, «in einer kleinen Werkstatt, aber nur stundenweise. Ein Mann, der sich auskennt, hat ihm geraten, so lange er gesucht wird, keine festen Gewohnheiten anzunehmen. Das sei gefährlich.»

Bert hatte aufmerksam zugehört. Hin und wieder verstand er ein Wort, manchmal sogar einen ganzen Satz. Als er merkte, daß Señora Mendoza ihnen sagen wollte, wo sich Pablo versteckt hielt, fuhr er sofort dazwischen. «Nein, sag ihr, daß dürfe sie uns nicht sagen. Das ist viel zu gefährlich. Es ist besser, wir wissen es nicht.»

«Warum?» fragte Angela verwundert.

«Angenommen, sie schnappen uns. Die würden sofort spüren, ob wir etwas wissen oder nicht. Und angenommen, sie schnappen ihn, sie würde uns mißtrauen, auch wenn es nur ein dummer Zufall wäre.»

Angela erklärte dies Señora Mendoza. Sie sah es sofort ein.

«Sie haben recht», sagte sie. «Ich dachte . . .»

«Es ist bestimmt besser so, obwohl ich sehr neugierig bin», gestand Angela. «Nur eines, war der Mann, der aus Bayonne anrief, ein Priester?»

«Ein Mönch», sagte sie, «ein wunderbarer Mensch. Er ist ganz auf der Seite der Arbeiter. Die Jungen, wissen Sie, sind anders. Früher hieß es immer, gehorchen, gehorchen. Und heute sagen sie, du hast ein Gewissen, mach Gebrauch davon.»

«Wäre es Ihnen lieber, wenn Pablo anders wäre?» fragte Angela.

«Nicht Pablo muß sich ändern, Señora», sagte sie, «sondern Spanien. Und wenn die ganze Welt wäre wie Spanien, würde ich immer noch sagen, nicht Pablo muß sich ändern, sondern die Welt muß sich ändern. Nein, ich möchte keinen anderen Mann. Selbstverständlich wäre es schön, wäre er immer bei mir. Käme er jeden Abend heim, schliefe er neben mir. Aber eine Frau, die einen tapferen Mann hat, muß es ertragen, allein zu sein . . .»

Martin Coster wußte es längst. Heiße Tage waren nichts für das Buchgeschäft. Die Leute kamen erst gegen Abend. Wenn die Schatten länger wurden und eine kühle Brise vom Erie-See herwehte.

Martin stand auf seinem Lieblingsplatz, direkt hinter der Ladentür. Über den oberen Rand des Plakates spähte er hinaus und konnte einen Streifen des knallblauen Himmels sehen. Und weil heute kein großer Schlitten auf der anderen Straßenseite stand, freute er sich. «Blue sky», sang er halblaut, und noch einmal «blue sky». Und dann pfiff er die Melodie zwischen den Zähnen.

In der Mittagszeit würde er baden gehen. Irgendwohin. Bei «Charly» dann eine Kleinigkeit essen. Vielleicht nur Salate. Dann einen Becher Ice-cream.

In der Snack-bar von Charly stand seit ein paar Tagen ein neues Mädchen hinter der Theke. Zehn, zwölf Jahre jünger als er. Hazel hieß sie. Und sie war rundherum nicht gerade sparsam angelegt. Was er – der hagere Martin – vielleicht ein wenig zu spärlich hatte, das glich sie aus. Ihre Haut war nußbraun und schimmerte seidig. Hazel war rund und weich.

Und wie sie lachte! Außerdem war sie flink. Er sah ihr gerne zu, wenn sie ein Steak auf den Teller legte, Pommes frites aus dem Korb der Friteuse schaufelte, grünen Salat aus der Schüssel nahm und ihn mit einer halben Tomate verzierte.

Hazel!

Und dann ging er früher, als er vorgehabt hatte. Es
108

kam ja doch niemand. Bestimmt nicht über Mittag. Er schrieb auf eine Tafel:

Ab 15 Uhr wieder geöffnet

und hängte sie an die Tür. Dann schloß er die Tür sorgfältig von außen zu, rüttelte noch einmal an der Klinke, freute sich, daß die Tür nicht ein bißchen wackelte. Und ging die paar Straßen hinunter zu «Charly».

Schon auf der zweiten Kreuzung vor «Charly» stieg ihm der Pommes frites-Duft in die Nase. Das Wasser lief ihm im Mund zusammen.

«Hallo!» rief Charly, als er eintrat, «so früh heute?»

«Ich habe mir ein bißchen früher freigegeben», sagte Martin und grinste. «Bin eben ein toleranter Chef.» Er tat, als entdeckte er Hazel erst jetzt. «Hey, Hazel, ist Charly auch ein toleranter Chef?»

«Es geht», sagte Hazel lachend, und Martin wurde von ihrer Stimme und von ihrem Lachen ganz schwach.

Er setzte sich auf den Barhocker, der ihr am nächsten stand, und beugte sich zu ihr. «Und er belästigt dich auch nicht?»

«Das sollte er nur versuchen», lachte Hazel, «da geben schon zwei acht.»

«Wer noch, außer seiner Frau?»

«Ich», sagte Hazel, «wer denn sonst?»

Sie hielt seinem Blick eine Weile stand, dann fragte sie schnell: «Und was soll's heute sein? Soll ich dir ein Steak grillen?»

Er nickte. «Mit viel Pfeffer, Hazel.»

Und dann sah er ihr zu, wie sie eine dicke Scheibe

vom Lendenstück schnitt, sie auf beiden Seiten mit Öl bepinselte, salzte und pfefferte und eine Weile liegen ließ.

«Du hast eine Figur wie Grace Bumbry», sagte er.

«So? Was hat die für eine Figur?»

«Schön rund, Baby, wie du.»

«Quatsch», sagte sie, «mußt mich nicht hochnehmen.»

«Mir gefällt sie.»

Hazel häufte Pommes frites auf einen Teller, salzte sie und schob den Teller und die Ketchupflasche einem Jungen in blauem Overall hin.

«Wer ist Grace Bumbry?»

«Eine Opernsängerin. Weltbekannt, singt in New York, London, Salzburg und Mailand. Ich habe ein paar Platten von ihr. Mit Photos von ihr auf den Plattentaschen. Komm und sieh sie dir doch einmal an.»

Sie sah ihn eine Weile prüfend an, dann rief sie: «Oh Gott, dein Steak!» Sie legte es auf den Rost und schob es in den Grill.

«Wann?» fragte sie dann und begann Gläser zu spülen.

«Wann du willst. Von mir aus heute abend.»

«Möchtest du ein Bier?»

Er nickte.

Sie warf die Kühlschranktür zu, öffnete die Bierflasche und goß ihm ein. «Gut, ich komme», sagte sie und strich mit der Kuppe ihres rechten Zeigefingers über den Rand seines Glases. «Ich komme.»

Ein toller Tag. Martin verwarf seinen Plan, baden zu gehen und blieb sitzen. Nach einem Steak mit Salat bestellte er noch zwei Kaffee, dann ein Eis. Er hatte bei «Charly» noch nie eine so hohe Zeche gemacht. Viertel vor drei brach er auf, reichte Hazel die Hand, klopfte Charly auf die Schulter.

Der Himmel war noch immer blau. Und am Abend, gegen neun etwa, würde Hazel kommen. Pfeifend schlenderte er die Straße hinauf. Was für ein Tag!

Als Martin in die Cats-Road einbog, prallte er zurück. Vor seinem Geschäft war ein Menschenauflauf, und über die Köpfe der Menge ragten zwei Feuerwehrautos hinaus. Das Blaulicht des einen blinkte noch. Nirgends war Rauch zu sehen oder Brandgeruch wahrzunehmen.

Martin begann zu rennen. Er boxte sich durch die Mauer der Neugierigen, dann sah er es. Die Schaufensterscheiben seines Ladens waren eingeschlagen, im Laden stand das Wasser, aufgeweichte Bücher schwammen darin herum.

Ohnmächtige Wut stieg in Martin hoch. Obwohl er wußte, wer das angerichtet hatte, brüllte er wie ein Irrer: «Wer war das? Wer hat das getan?»

«Tut mir leid», sagte ein Feuerwehrmann, wahrscheinlich der Kommandant. «Ein Mißverständnis. Wir bekamen einen Anruf, daß die Buchhandlung in der Cats-Road brennt. Wahrscheinlich irgend so ein Witzbold. Tut mir leid, daß wir darauf reingefallen sind.»

Weil die Kirche renoviert wurde, trafen sie sich Ende August im verrauchten Nebenzimmer einer Gaststätte. Aus der Musikbox nebenan kam längst überholte Schnulzenmusik. Es war ihre erste Zusammenkunft nach der Sommerpause.

«Stört euch die Musik?» fragte Thomas etwas unglücklich.

Draußen plärrte der Lautsprecher gerade: «Mit siebzehn, mit siebzehn . . .»

«Dieses eine Mal werden wir es überstehen», sagte Bert. «Und die nächste Zusammenkunft können wir bei uns abhalten. Wir ziehen in eine größere Wohnung aufs Land. Da hätten wir genügend Platz; Angela könnte auch dabei sein und unser Kind wäre trotzdem nicht allein.»

«Damit wäre ja ein Problem gelöst», meinte Thomas, «das heißt, wenn deine Frau nichts dagegen hat.»

«Sie hat nichts dagegen.»

«Wir sollten zur Tagesordnung kommen», mahnte Claudia. «In der Kirche war es doch besser. Da wurde nicht so viel getratscht.»

«Mein Fall steht auf der Tagesordnung. Wenn ihr wollt, berichte ich jetzt darüber. Dann versteht ihr auch, warum meine Frau nichts dagegen hat», sagte Bert. Als niemand widersprach, fuhr er fort: «Wir waren nämlich dieses Jahr zweimal in Spanien. Einmal zu Pfingsten, um uns erst einmal ein bißchen umzusehen, und das zweitemal im Juli. Im Sommer konnten wir schon mehr mitbringen, weil wir zu Pfingsten gesehen hatten, woran es am meisten fehlte. Wir schicken auch regelmäßig Geld, so daß die Familie Mendoza jetzt aus dem Gröbsten heraus ist. Nur den Kindern konnten wir leider nicht viel helfen. Der Junge ist zweimal operiert worden. Soviel wir verstanden haben, hatte er einen Herzklappenfehler, und das Mädchen hat Bronchialasthma.»

«Und der Mann?» fragte Claudia.

«Der muß sich noch immer versteckt halten. Er arbeitet stundenweise in einer Werkstatt und wird dort kaum soviel verdienen, daß es für mehr als für seinen eigenen Unterhalt reicht. Wir haben inzwischen Verbindung zu spanischen Gastarbeitern aufgenommen, die entweder auch etwas Geld schicken oder etwas mitnehmen, wenn einer von ihnen auf Urlaub fährt.»

«Welche Figur hat Frau Mendoza ungefähr?» fragte Brigitte.

«Ein bißchen schmäler als du.»

«Kann sie nähen? Ich meine nur, weil ich einige Sachen hätte.»

«Vielleicht weiß es Angela. Wenn die beiden miteinander sprechen, verstehe ich ja nur ein Viertel von dem, was sie sagen. Eher weniger.»

«Können wir nichts unternehmen, damit sich der Mann wieder frei bewegen kann?» fragte Claudia. «Ich meine, das ist doch kein Zustand, daß er dauernd von seiner Familie getrennt ist. Und wenn er geschnappt wird, noch schlimmer getrennt wird. Sollten wir uns nicht an einen Anwalt wenden und den einschalten? Ist er überhaupt verurteilt?»

«Nein, das Verfahren wurde abgetrennt», sagte Thomas.

«Wir werden uns bei den spanischen Gastarbeitern

erkundigen», versprach Bert. «Ich weiß nicht, ob das geht, aber vielleicht läßt sich etwas mit einer Kaution machen.»

«Und wie sollen wir die aufbringen?» fragte Simona.

«Da fällt uns schon etwas ein», meinte Thomas. «Ich habe neulich mit einem Maler gesprochen, der würde uns ein Bild schenken. Er ist ziemlich bekannt.»

«Ja», bestätigte Claudia, «und wenn wir von ihm etwas bekommen, dann machen andere auch mit, und wir könnten so etwas wie eine Auktion veranstalten.»

«Wie Sotheby in London», sagte Brigitte.

«Nicht ganz so hoch.»

«Schwarze Augen», jaulte draußen die Music Box.

«Das bringt mich auf Pjotr», sagte Thomas. «Ich muß euch gestehen, ich bin nicht weitergekommen. Ich habe inzwischen wieder ein vorverzolltes Paket geschickt, die Unterschrift auf der Empfangsbestätigung ähnelt den beiden ersten von Frau Kusnezow. Das ist alles. Ich habe an Landtags- und Bundestagsabgeordnete geschrieben. Ich habe meinen Professor eingespannt; er hat jetzt endlich einen Wissenschafter getroffen, der ihm wenigstens zugehört hat. Und als mein Professor sagte, daß wir anderswo auch inhaftierte Kommunisten unterstützen, war dessen Antwort: ‹Glauben Sie, in der Sowjetunion gibt es keine Kommunisten unter den politischen Häftlingen?›

Ich habe dann durch Bekannte erfahren, daß jemand nach Leningrad fährt, der schon einige Male dort war. Ich bin mit Claudia zu dem Mann hingefahren und habe ihn gefragt, ob er bereit wäre, uns zu helfen. Zuerst wollte er nicht, aber Claudia hat so lange

114

auf ihn eingeredet, bis er ihr geglaubt hat, daß wir keine Agenten sind, sondern nur jemandem helfen wollen, der weder spioniert noch sonst etwas getan hat, und nur Pech hat, einer Religionsgemeinschaft anzugehören, die zufälligerweise nicht anerkannt ist. Nun ja, wir haben herausbekommen, daß er in Leningrad einen Fremdenführer kennt, der unheimlich scharf auf Blue jeans ist, und da haben wir welche gekauft und ihm mitgegeben. Jetzt will sich der Fremdenführer umhören und uns Nachricht zukommen lassen. Aber wann die kommt, weiß natürlich kein Mensch. Auch nicht, ob er sich überhaupt meldet.»

«Jedenfalls dürfen wir nicht die Geduld verlieren», sprang Claudia Thomas bei. «Darauf warten die ja nur und übrigens nicht bloß die. Auch den Rechtsextremisten könnten wir keinen größeren Gefallen tun. Sobald wir aufhören, die Gefangenen in der Sowjetunion zu betreuen, machen wir uns selbst unglaubwürdig. Ewig kann die Altherrenriege ja nicht im Kreml am Ruder bleiben. Da müssen auch einmal jüngere nachkommen.»

«Ja, fünfundsechzigjährige, wo achtundsechzigjährige waren. Und der achtundsechzigjährige löst einen siebzigjährigen ab.»

Thomas lachte.

«Einmal müssen dort auch die Jungen an der Reihe sein», sagte Simona.

Bert fuhr Simona durchs Haar. «Da geht es in unserer Mitte ganz anders zu, nicht wahr, Simona? Jedenfalls sind das Spekulationen, die uns im Moment nicht weiterhelfen.»

«Darf ich jetzt von Ahmed Mamoud sprechen?» fragte Simona.

«Moment, gleich kommst du dran.» Thomas erhob sich. «Nein, ich wollte abschließend noch etwas sagen. Ich weiß, daß ihr relativ erfolgreich gewesen seid. Ihr habt alle wenigstens etwas erreicht. Am meisten natürlich Bert. Nur ich bin mit meinem Fall nicht weitergekommen. Und darum muß ich euch fragen, ob ihr glaubt, daß es auch an mir liegt, und ob ich noch euer Vertrauen als Sprecher der Gruppe habe.»

«Jetzt halte aber die Luft an!» rief Bert.

«Baby mit dem blonden Haar», plärrte draußen der Lautsprecher.

«Keiner von uns hat in den letzten Monaten so viele Briefe geschrieben wie du», sagte Bert. «Hier, Simona, zähle, wie viele sind es?»

«Dreizehn», sagte Simona.

«Und keine einzige Reaktion! Du schreibst gegen eine Wand! Und die österreichische Gruppe hatte auch keinen Erfolg. Wir können nur eines machen, die Leute, die hier schlafen, aufwecken und ihnen sagen, seht, das und das geschieht dort. Das muß weltweit geschehen, und das darf nicht den sturen Antikommunisten überlassen werden, die das nur in Propaganda für sich ummünzen wollen. Den Leuten, die uns nicht antworten, muß klar werden, daß der Anti-Kommunismus in der Sowjetunion erzeugt wird, genau so wie der Anti-Amerikanismus in den USA. Beides sind Exportartikel. Was sagt ihr zu Thomas?»

Brigitte und Simona waren selbstverständlich für Thomas. Da gab es keinen Zweifel.

116

Brigitte fragte nur, ob es vielleicht doch an der Sprachbarriere liege. «Wir schreiben sonst fast überall in der Landessprache hin, nur nicht in die Sowjetunion. Versuchen wir es einmal mit einem russischen Brief.»

«Gut, einverstanden», sagte Claudia. Dann wandte sie sich an Thomas. «Und wenn du das nächstemal so etwas fragst, Vertrauen und so, akzeptieren und ähnliches, möchte ich es vorher wissen.» Sie wurde rot im Gesicht. «Schließlich sind wir . . . sind wir . . . sind wir uns nicht ganz unbekannt.»

«Aber auch noch nicht verheiratet», scherzte Bert. «Noch nicht! Thomas, nimm dich in acht, sie will dich schon jetzt unterdrücken.»

«Darf ich endlich über den Fall Ahmed Mamoud berichten?» Simona war ganz ungeduldig.

«Moment, ich will nur kurz noch etwas sagen», meinte Thomas. «Wir sollten vielleicht einen Abend nur über die Sowjetunion sprechen, über den Unfehlbarkeitsanspruch der KPdSU, der ihr die innere Rechtfertigung gibt, alle Andersdenkenden, die das auch laut genug ausdrücken, einfach in psychiatrische Kliniken einzuweisen. Die werden dort zum Beispiel in nasse Drillichtücher eingepackt, die sich beim Trocknen so zusammenziehen, daß der Betreffende kaum atmen kann. Und Ärzte machen dabei mit. Übrigens hat mir mein Professor gesagt, daß nicht einmal die Praxis, Andersdenkende für verrückt zu erklären, neu ist. Schon 1836 ist der Philosoph Tschaadajew für verrückt erklärt worden, nur weil er erklärt hat, daß Rußland keine Geschichte und keine Zu-

117

kunft habe, und daß es nur geheilt werden könne, indem es westliche Traditionen annehme.»

«Gut, machen wir. Jetzt sollte aber endlich Simona sprechen dürfen», fuhr Claudia dazwischen. «Es wird sonst zu spät.»

Simona lief rot an. «Also», begann sie und schnappte nach Luft, «wir haben noch vor den Ferien viele Stellen mit Briefen bombardiert. Und zwar vom König abwärts alle, die mit diesem Fall zu tun haben. Wir waren, wie es ai vorschreibt, sehr höflich, aber auch bestimmt.»

«Gott schütze Sie viele Jahre», warf Bert sarkastisch ein.

«Ruhe jetzt», befahl Thomas.

«Nein, nicht Gott schütze Sie viele Jahre, weil das dort nicht üblich ist. Wir haben aber immer wieder die Menschenrechtserklärung der Vereinten Nationen zitiert und besonders darauf hingewiesen, daß fast zwei Jahre Untersuchungshaft bei einem Jugendlichen wie Ahmed unmenschlich sind.»

«Und? Was haben sie geantwortet?»

«Wir haben für alle Briefe die internationalen Empfangsbestätigungen erhalten. Außer dem einen Brief von der Botschaft hat niemand geantwortet.»

«Also wieder eine Pleite», sagte Brigitte mutlos.

Thomas kramte aufgeregt in seiner Mappe. «Stimmt nicht! Ich habe etwas bekommen.»

«Im Fall Ahmed Mamoud?» rief Simona. «Wieso gerade du?»

«Das liegt an meinem umwerfenden Charme! Da schreibt mir nämlich eine Dame aus Paris, ihr sei

118

durch Umstände, die sie nicht weiter erläutern möchte, bekannt geworden, daß sich unsere Gruppe für einen Gefangenen in Casablanca sehr vehement einsetze. Sie möchte ihren kurzen Zwischenaufenthalt in Paris dazu benützen, uns mitzuteilen, daß der Prozeß gegen diese Leute, also auch gegen Ahmed Mamoud, schon nächste Woche beginne. Sie verständige gleichzeitig noch andere Stellen von ai, damit eventuell ein Prozeßbeobachter entsandt werden könne.»

«Nein!» rief Simona. «Und damit rückst du erst jetzt heraus? Das ist eine Riesenschweinerei!»

«Der Brief kam gerade, bevor ich ging», entschuldigte sich Thomas. «Per Eilpost. Als ich die Haustür aufmachte, drückte ihn mir unser braver Briefträger in die Hand. Hier hast du den Umschlag, damit du siehst, daß ich dich nicht angeschwindelt habe. Außerdem habe ich es nicht gleich gesagt, weil wir sonst kaum dazu gekommen wären, über die anderen Fälle zu sprechen. Das ist der Grund.»

«Wir müssen uns sofort hinsetzen und einen Brief an das Gericht schreiben», schlug Claudia vor. «Hast du Briefpapier mit?»

«Ja.»

«Mit der Hand?» fragte Bert.

«Nein.» Claudia sprang auf. «Die werden doch hier eine Schreibmaschine für die Speisekarten haben. Ich frage gleich.»

Sie lief hinaus.

«Wir müssen auch sofort die Koordinationsgruppe für Marokko verständigen», sagte Thomas.

Bert sprang auf. «Habt ihr die Telefonnummer?»

Simona wühlte in ihren Unterlagen. «Hier», sagte sie schließlich.

«Willst du anrufen?» wandte sich Bert an Thomas. «Ich zahle es.»

«Mach du das oder Simona. Ich setze mich mit Claudia und Brigitte hinter den Brief.»

Claudia kam zurück und meldete, daß sie den Brief im Büro in die Maschine tippen dürfe.

«Kommst du mit?» fragte Bert Simona.

Simona nickte. Sie war vor Aufregung ganz blaß.

«Weißt du, ich brauche dich wahrscheinlich als Souffleuse. Nimm deine Unterlagen mit.»

Als Bert dann in der Telefonzelle sprach, stand Simona draußen auf dem Flur in einem dunklen Winkel und preßte die Mappe mit «ihrem Fall» an sich.

«Oh Gott», flüsterte sie. Und dann: «Tu was, tu was! Hörst du? Tu endlich was!»

Liebe Freunde von ai in Graz,

Wir haben schon eine Weile nichts von Euch gehört, und wir wüßten gern, wie Ihr im Fall Pjotr Kusnezow verfahren seid. Wir haben es auf vielen Ebenen versucht, sind aber bisher erfolglos geblieben. Alles, was wir haben, sind drei Unterschriften in cyrillischen Buchstaben auf den Empfangsbestätigungen für die Pakete. Wir gäben etwas dafür, wenn wir wenigstens wüßten, ob diese Unterschriften von Frau Kusnezow stammen oder vom Postbeamten des Dorfes.
Ich würde mich freuen, bald von Euch zu hören!
Euer Thomas Bernau.

Einige Tage später kam die Antwort, in der es hieß, daß die Gruppenmitglieder im Sommer von Rumänien, Ungarn und Jugoslawien aus an Frau Kusnezow geschrieben und auch Pakete geschickt hatten. Und daß sie sich eigentlich im klaren darüber gewesen seien, daß mit einer Antwort nicht zu rechnen sei. Das würde sie aber kaum bedrücken, denn wichtig wäre allein, daß etwas getan würde.

Und sicher bleibt das nicht unbemerkt. Erst vorgestern haben wir einer Monteurgruppe, die von hier aus nach Polen gefahren ist, wieder zwei Pakete mitgegeben, von denen wir sehr hoffen, daß sie ankommen.
Wir glauben, das Wichtigste ist, daß wir uns nicht entmutigen lassen, selbst wenn Post unterschlagen werden sollte. Wenn die anderen einen langen Atem

121

haben, müssen wir den längeren haben. Meldet Euch,
wenn Ihr Neues erfahrt, wir rühren uns dann auch.

Herzliche Grüße,
Euer Peter Fröhlich

Es war ein Spätsommertag, wie sie ihn liebten. Der Morgen war frisch, mit leichtem Nebel in den Flußniederungen. Aber als die Sonne kam, stieg der Nebel, zerflatterte, als würden ihn unsichtbare Hände zerpflücken, und gab den Blick auf den blauen Himmel und die Berge frei.

Als Thomas und Claudia an der letzten Straßenkreuzung der Stadt vorbeifuhren, sahen sie in der Ferne den Groß-Venediger schimmern.

«Immer, wenn ich den Groß-Venediger sehe, fällt mir Pandit Nehru ein», sagte Thomas.

«Das ist auch durchaus naheliegend», meinte Claudia. Dann lachte sie.

«Lach nicht», schalt er. «Laß es dir doch erklären. Mein Vater hatte einmal ein Buch von ihm. Er hat wahnsinnig viele Bücher gekauft. Nur hat er die wenigsten gelesen. Und da hatte er eben dieses Buch. Ich weiß nicht mehr, war es von Nehru selbst oder ein Buch über ihn. Ich war damals auch viel zu jung, um es zu verstehen. Aber da stand drin, daß Nehru während seiner politischen Haft einen kleinen Hof betreten durfte. Und über der Mauer des Hofes hat er die Kette des Himalaja gesehen. Und dieser Anblick hat ihm die Kraft gegeben durchzustehen. Und jetzt sag bloß nicht, daß der Groß-Venediger nicht zum Himalaja gehört!»

«Nein, nur möchte ich jetzt nicht von Gefangenen reden», sagte sie, «bis morgen abend nicht. Bitte! Ich habe mich so auf das Wochenende in den Bergen gefreut.»

«Gut.» Er schaltete das Autoradio ein, und sie hörten

123

gerade noch das Ende der Nachrichten. Im Wetterbericht hieß es, daß es schön bleiben werde.

«Und deine Schwester freut sich wirklich, wenn du mich mitbringst?» fragte Claudia.

«Die hat sich zu freuen», antwortete er.

Als sie ankamen, freute sich vor allem der Hund der Schwester, ein dreijähriger Deutscher Schäfer. Er begrüßte Claudia so heftig, daß sie beinahe umfiel. Und er beruhigte sich erst, als er von seinem Herrn zurückgepfiffen wurde.

«Gretl ist einkaufen», sagte Anton, der Mann der Schwester. «Sie wird gleich zurück sein. Macht es euch bequem. Was habt ihr denn vor?»

«Wir wollen auf irgendeinen Berg, Sauerstoff tanken.»

«Verschiebt es auf morgen», schlug Anton vor, «brecht auf, bevor es hell wird, da ist es am schönsten.»

Als sie nachmittags nach dem Kaffee auf dem Wiesenhang hinter dem Haus lagen, fragte Claudia: «Woran denkst du?»

«Wir wollten nicht über Gefangene sprechen», sagte Thomas.

«Ist doch gleich.»

«Ich denke an Ahmed», sagte er. «Was würde der zu diesem Himmel sagen? Ob er je so grüne Wiesen sehen wird?»

«Was würden wir eigentlich machen, angenommen, es käme wieder eine Diktatur, und unsere Meinungen paßten der Regierung nicht.» Claudia drehte sich zur Seite und beobachtete ihn.

«Weißt du es?» fragte er.

«Ich denke darüber nach.»

Thomas sagte: «Ich weiß nicht, ob ich das Zeug zum Helden habe. Ich fürchte, nicht. Und ein bißchen wehleidig bin ich auch. Das würden die schnell merken.»

«Ich glaube, daß man in einer solchen Situation einfach ein anderer Mensch wird. Ich nehme das wenigstens an. Wenn ich mir sage, daß nicht die Opportunisten die Welt formen, sondern die Leute, die eine Meinung vertreten . . .»

«Wir wollten doch nicht darüber sprechen.»

«Wir sprechen ja über uns», sagte sie, «nicht über die anderen. Irgendwie rechne ich damit, daß es eines Tages vielleicht auch bei uns soweit sein könnte . . .»

«Ich bitte dich!» Er beugte sich über sie und fuhr mit der Fingerkuppe ihre Augenbrauen nach. «Was denkst du denn da drinnen?» fragte er und klopfte auf ihre Stirn.

«Das Pendel wird einmal zurückschlagen.»

«Pendel!» sagte er. «Wie kommst du nur darauf?»

«Es gibt zu viel Macht auf der falschen Seite», sagte sie. «Das ist es.»

«Wenn du nicht aufhörst, kaufe ich einen Dreifuß, setze dich drauf, baue einen Tempel um dich herum, und dann bist du das Orakel vom Alpenland.»

«Ich mache mir Sorgen», sagte sie.

«He du, aufwachen!» rief er. «Hör sofort auf.»

«Aber du versprichst mir, nicht mehr an Ahmed zu denken?»

«Schon versprochen.» Thomas legte sich zurück,

125

schloß die Augen und spürte den Wind in den Grä-
sern neben sich, hörte die Bienen, das tiefe Brummen
einer Hummel, und um nicht an Ahmed zu denken,
dachte er an Pjotr Kusnezow.

«Du sollst auch nicht an deinen reformierten Baptisten hinter dem Ural denken», stieß Claudia zwischen
geschlossenen Zähnen hervor.

Am Tag, an dem sie in der Morgendämmerung ihre Bergwanderung antraten, wurde Ahmed Mamoud in Casablanca zu achtzehn Monaten Gefängnis verurteilt. Die Untersuchungshaft wurde nicht angerechnet.

Zwei Tage später steckte ein Telegramm in Thomas' Tür, das ihm das Urteil mitteilte. Er fuhr sofort zu Claudia. Als sie noch im Flur von Claudias elterlicher Wohnung heftig debattierten, was zu unternehmen sei, kam Claudias Vater aus dem Wohnzimmer.

«Ach, Thomas, Sie sind es!» rief er, und dann fragte er seine Tochter, warum sie Thomas nicht hereinbitte.

«Weil das im Augenblick ganz unwichtig ist. Es gibt ein viel wichtigeres Problem.»

«So wichtig kann ein Problem gar nicht sein, daß man darüber die Regeln des Anstandes . . .» weiter kam Herr Rühl nicht.

«Hör auf, Papa! Das ist im Moment von absolut zweitrangiger Bedeutung. Wir haben eben eine schlechte Nachricht bekommen.»

«Und was für eine?»

«Einer von unseren adoptierten Fällen ist verurteilt worden, und wir müssen sofort etwas unternehmen», erklärte Thomas.

«Ist es schlimm?» fragte Herr Rühl nicht ohne Teilnahme.

«Achtzehn Monate.»

«Aber Kinder, das ist doch . . .»

«Ohne Anrechnung der Untersuchungshaft.»

«Achtzehn Monate», sagte Herr Rühl, «das ist doch wirklich nicht so tragisch!»

«Dazu zwei Jahre Untersuchungshaft und für nichts und wieder nichts», sagte Thomas.

«Papa, ich verstehe dich nicht! Dreieinhalb Jahre. Was würdest du sagen, wenn ich dreieinhalb Jahre sitzen müßte für nichts und wieder nichts.»

«Das ist ein Argument», gab Herr Rühl zu. «Kommt rein, und laßt euch auch einmal von einem sturen Beamten etwas raten. Setzt euch nicht gleich hin und schreibt einen Brief. Das wird nichts. Ihr seid erregt, ihr müßt das abklingen lassen. Schlaft eine Nacht darüber und setzt euch morgen nachmittag zusammen.»

Thomas sah Claudia von der Seite an, und als er merkte, daß sie widersprechen wollte, sagte er schnell: «Vielleicht ist es besser so. Was meinst du? Wenn wir jetzt einen empörten Brief schreiben, schaden wir ihm vielleicht nur.»

«Kommt doch herein», wiederholte Herr Rühl. «Thomas, einen Schluck Bier? Auch Bier beruhigt.»

Im Wohnzimmer Sitzgarnitur aus Lederimitation, Schrankwand, Farbfernseher mit Fernsteuerung, einige Bücher hinter Glas, zwei gerahmte Farbdrucke an der Wand, honigfarbener Teppichboden und knappe zwei Quadratmeter Kelim, nebst einer Frau Rühl, die schnell das Kreuzworträtsel mit den Stricknadeln vertauscht hatte.

«Sie haben Sorgen», erklärte Herr Rühl. «Einer ihrer Schützlinge ist eben verurteilt worden.»

«In Rußland?» fragte Frau Rühl entsetzt.

«Nein, in Marokko», antwortete Claudia knapp und biß die Zähne zusammen.

«Oh, in Marokko?» rief Frau Rühl. «Ach, dann ist es ja nicht so schlimm. Dort haben sie doch einen König.»

«Ich bitte dich, Mama», flehte Claudia. «Heinrich der Achte war auch ein König.»

«So?» sagte Frau Rühl, «wie kommst du auf den?»

«Weil er trotzdem seine Ehefrauen köpfen ließ.»

«Ach, das hätte ich nicht gedacht. Er war doch immer so schick in seinem Mantel mit der Kapuze.»

«Heinrich der Achte hatte keinen Mantel mit Kapuze.»

«Ich meine ja den König von Marokko. Daß der auch seine Frauen köpfen läßt. Heutzutage . . .»

«Mutti!» sagte Herr Rühl. «Wolltest du uns nicht etwas Bier aus der Küche holen?»

«Leise!» sagte Frau Zumbusch, als sie ihrem Mann die Tür öffnete. «Eben findet eine wichtige Konferenz statt.»

Ihr Mann starrte sie verwirrt an. «Ist was?» fragte er. Frau Zumbusch mußte lachen. «Simona tagt mit Freunden. Es gibt Urteilsschelte.»

«Wenn ich nur wüßte, wovon du redest.»

«Simonas Marokkaner ist verurteilt worden, und jetzt sagen sie es dem Justizminister.»

«Von Marokko? Wenn das nur keine diplomatischen Verwicklungen gibt.» Zumbusch wollte ins Wohnzimmer gehen.

«Nein, nein!» rief seine Frau. «Das ist ja der Tagungsort.»

«Und wer ist da drinnen?»

«Ein Mädchen und ein junger Mann. Sie sehen eigentlich ganz vernünftig aus.»

Herr Zumbusch folgte seiner Frau in die Küche. «Sag mal, und die bilden sich tatsächlich ein, daß der Justizminister in seinem Ministerium sitzt und nur auf einen Brief von Simona Zumbusch wartet?»

«Der junge Mann hat gesagt – du, Augen hat der, die mußt du dir einmal ansehen – also der meint, manchmal hätten sie Erfolg. Und Kamphaus meinte auch, ai wäre eine gute Sache.»

«Ich halte die ja alle für verrückt», sagte Zumbusch. «Bei denen stimmt doch etwas nicht.»

«Bei wem? Bei Simona und ihren Freunden?»

«Die sind auch ein bißchen verrückt. Nein, ich meinte die anderen, die genau wissen, daß sie eingesperrt werden, und die trotzdem auf die Straße gehen.

Mensch, ich könnte es mir hier auch mit vielen ver-
scherzen, wenn ich mich auf die Straße stellen und
Flugzettel verteilen würde, ‹Laßt doch unsere paar
Kommunisten Beamte werden!› Warum denn nicht?
Tue ich das?»

«Nein.»

«Und warum tue ich es nicht?»

«Du magst die Kommunisten nicht.»

«Nein, ich tue es deshalb nicht, weil es mir meine
Klugheit verbietet. Würde ich in Rußland leben und
wissen, wenn ich das und das sage, stecken die mich
in die Klapsmühle und erklären mich für verrückt,
dann würde ich eben schön brav meinen Mund halten
und mir meinen Teil denken. Denken ist ja auch eine
Leistung.»

«Ich weiß nicht», sagte Frau Zumbusch. «Was wäre,
wenn alle so dächten und den Mund hielten?»

«Es wäre friedlicher. Oder glaubst du, du könntest
viel ändern? Wer die Macht hat, befiehlt. Und die
große Masse gehorcht. Was bleibt ihr auch anderes
übrig? Sieh dir doch Südamerika an. Was nützt es,
wenn du Teil einer Masse bist, gar nichts, solange du
keine Macht hast und kein Geld.»

«Nein, Alfred, ohne jeden Widerspruch geht es auch
nicht.»

«Das sagst du, weil du eine Frau bist. Frauen müssen
einfach widersprechen.»

«Luther war beispielsweise keine Frau und Galilei
nicht. Und andere auch nicht. Mein Großvater hat
noch Sonntag vormittag arbeiten müssen. Er war
Buchhalter. Und er hatte keinen bezahlten Urlaub

131

und keine Krankenkasse . . . Nein, es war mein Urgroßvater . . . Aber Großvater hat uns das immer erzählt. Und sein Vater mußte dem Lehrherrn noch etwas zahlen, damit mein Großvater bei ihm die Lehre machen durfte. Wenn da niemand vor dir widersprochen hätte! Was würdest du sagen, wenn du statt Schi zu fahren oder zum Schwimmen zu gehen, jeden Samstag und Sonntag vormittag ins Büro müßtest?»

«Das alles nach einem anstrengenden Arbeitstag!» jammerte Zumbusch ausweichend. «Und ich darf nicht einmal ins Wohnzimmer. Komm, sei wieder nett!» Er lächelte. «Bring mir ein Bier und sag mir, was es heute abend im Fernsehen gibt.»

«Ich habe dem jungen Mann die letzte Flasche Bier gebracht. Und die Fernsehzeitung liegt im Wohnzimmer.»

«Diese verfluchten Marokkaner!» sagte Herr Zumbusch.

Sehr geehrter Herr Justizminister,

als Mitglieder der amnesty international wenden wir uns nach unseren Briefen vom 3. Februar, 15. April, 27. Mai und 17. Juli noch einmal an Sie.

Wir sorgen uns um den Gefangenen Ahmed Mamoud, der am 2. September dieses Jahres zu achtzehn Monaten Gefängnis verurteilt wurde.

Wir haben den Prozeß in der Presse genau verfolgt und gehofft, daß Mamoud aus Rücksicht auf seine Minderjährigkeit nicht verurteilt würde.

Wir hatten zumindest die Hoffnung, daß ihm die lange Untersuchungshaft, wie das sonst in vielen Staaten geschieht, angerechnet würde. Wir wissen nicht, wie die Anklage lautete, auf Grund derer Ahmed Mamoud verurteilt wurde. Nach den Informationen, die wir inzwischen erhalten haben, soll auch vor Gericht über diesen Punkt Unklarheit bestanden haben.

Wir wenden uns daher noch einmal an Sie. Und wir betonen zum wiederholten Male, wir identifizieren uns nicht mit den Ideen, die Ahmed Mamoud möglicherweise vertreten hat. Womit wir uns aber identifizieren, das ist seine Jugend.

Ein Land, das keine unruhige Jugend hat, vergreist. Ein Land, in dem die Jugend nicht nach neuen Wegen sucht und nicht neue Antworten auf alte Fragen erhalten will, stirbt. Wir hier in Deutschland fassen es als Lebensbeweis Marokkos auf, wenn es unruhige junge Bürger hat. Denn nicht nur in Marokko kritisiert die Jugend den Staat.

133

Wir sind der Meinung, daß nicht nur die Alten das Recht haben, sich zu äußern und gehört zu werden. Dieses Recht muß auch den Jungen zustehen. Deshalb bitten wir Sie, geben Sie Ahmed Mamoud eine Chance. Unterbrechen Sie nicht zu lange seine Ausbildung, stoßen Sie ihn mit weiteren achtzehn Monaten Gefängnis nicht ins Elend.

Wir meinen, daß das bloße Gesetz tot ist, wenn es nicht zum Recht erhoben wird. Wenn das Recht menschlich ist, kennt es nicht nur Strafe, sondern auch Gnade.

Wir wissen, daß unsere Bitte Gehör finden wird, und grüßen

mit vorzüglicher Hochachtung

Claudia las den Brief, den sie bei Simona aufgesetzt hatten, immer wieder. Morgen würden sie die französische Übersetzung Kamphaus zeigen. Sie fühlte genau, daß der Brief nicht beschwörend genug war, daß man mit ihm keine Berge versetzen konnte.

Sie wendete das Blatt und suchte nach neuen Formulierungen. Aber zu lang durfte der Brief auch nicht werden.

Vater steckte den Kopf in die Türöffnung. «Nun, habt ihr den Brief entworfen?» fragte er.

Sie nickte. Er stellte sich neben sie und las. «Was willst du», sagte er, «ist doch wunderbar. Hätte ich euch, ehrlich gesagt, nicht einmal zugetraut. Mich würde so etwas rühren, hehe, obwohl ich Beamter bin. Aber man weiß ja nie, welch eine dicke Haut so ein Justizminister hat.»

134

«Eben», sagte sie müde und gähnte.

«Komm, geh ins Bett. Es ist gleich zwölf.»

Claudia nickte.

Als ihr Vater die Tür hinter sich zugezogen hatte, schrieb sie auf ein leeres Blatt:

Wenn du verstummst, werde ich sprechen.

Sie hatte keine Erklärung dafür, es geschah unter einem inneren Zwang. Und dann schrieb sie die nächste Zeile:

Kettet man dich an, werde ich mich auf den Weg machen.

Sie stützte ihren Kopf in die Hände, kauerte sich zusammen und hörte eine Stimme. Und sie schrieb, was die Stimme sagte, bis es Wort für Wort vor ihr auf dem Blatt stand:

Wenn du verstummst, werde ich sprechen

Kettet man dich an, werde ich mich auf den Weg machen

Verbindet man deine Augen, werde ich sehen

Wenn man dich demütigt, werde ich mich erheben

Und wenn man dich foltert, werde ich für dich schreien

Damit es auch der Taube hört

Gleich nebenan . . .

Der Mann im gutsitzenden grauen Konfektionsanzug roch zwei Meilen gegen den Wind nach Polizei.

Martin, der einen Kunden bediente, beobachtete ihn aus den Augenwinkeln. Er war erleichtert, daß Makki anwesend war und hinten im «Büro» bezahlte Rechnungen abheftete.

Martin rief: «Makki!»

Makki tauchte im Laden auf. «Ja, was ist?»

«Der Herr möchte bedient werden.»

«Danke, ich warte», sagte der Mann und sah aufmerksam zu, wie Martin das Buch in eine Papiertasche steckte, das Geld in Empfang nahm und Wechselgeld herausgab.

Als der Kunde gegangen war, fragte der Mann im grauen Anzug: «Sind Sie Martin Coster?»

«Ja.»

Der Mann hielt ihm irgend etwas unter die Nase, nannte seinen Dienstgrad, seinen Namen, seine Dienststelle.

Martin verstand nur das letzte, die Dienststelle: Rauschgiftdezernat.

«Rauschgift? Aber das ist doch Humbug!» rief Makki von hinten. «Hier wird mit Büchern gehandelt, nicht mit Rauschgift.»

«Wir haben einen Zeugen, der Anzeige erstattet hat», sagte der Mann ungerührt.

«Solch einen Zeugen gibt es nicht», sagte Martin Coster, seine Zunge war trocken. «Den kann es gar nicht geben.»

«Heute morgen hat er bei uns Anzeige erstattet, er hat bei Ihnen Heroin gekauft.»

«Niemals», sagte Makki. «Ich war hier.»

«Das können Sie später dem Richter erzählen. Sie beide sind verhaftet. Machen Sie keine Schwierigkeiten.» Der Mann deutete mit dem Kopf nach draußen. «Wie Sie sich vorstellen können, bin ich nicht allein.»

Martin Coster spürte, daß er seine Lippen bewegte. Sein Mund ging auf und zu, aber er brachte keinen Ton hervor.

Hazel, dachte er nur, als er den Laden, seinen geliebten Laden samt den Büchern verließ. Hazel, was tun sie uns an?

Es war Ajar, der sich draußen an der Zellentür zu schaffen machte.

Sie erkannten ihn schon daran, wie er den Schlüssel ins Schloß steckte und umdrehte. Es war ein furchterregendes Geräusch, ein Geräusch, das Unheil ankündigte, und alle in Schrecken versetzte.

Wenn Mohammed Ajar den Schlüssel ins Schloß stieß, war es, als renne er ein Messer in den Körper, und mit den zwei Drehungen machte er einem vollends den Garaus. Eine Weile rührte sich nichts, während alle Augen schreckensstarr zur Tür blickten. Dann, unendlich langsam, öffnete sich die Tür, eine behaarte Hand tauchte auf, ein Arm, bis Ajar den ganzen Türrahmen ausfüllte, fett und bedrohlich, mit unrasierten Hängebacken und großen dunklen Schweißflecken unter den Achseln.

So stand er da. Die Hände auf dem Rücken verschränkt, den Bauch wie eine Tonne vorgewölbt, als wolle er damit die Leute in der engen Zelle an die Wand quetschen.

Und während er seinen Blick über die Häftlinge gleiten ließ, war nichts zu hören als sein schnaufender Atem. Hin und zurück ging sein Blick, bis die Angst in ihnen aufstieg, bis die Furcht ihnen die Kehle zuschnürte.

Ajars Nase hing wie ein Kürbis in seinem Gesicht, unten plump und rund, nach oben hin sich verjüngend wie ein Tropfen. Dicht neben der Nasenwurzel standen die Augen, und die gaben seinem Gesicht etwas

Verschlagenes, etwas nicht Berechenbares, Furchtein-
flößendes.

Sein Blick blieb an Ahmed Mamoud haften. Teil-
nahmslos, schläfrig glotzte er sie an. Und plötzlich
verzogen sich seine fleischigen Lippen, glänzten mit
einem Mal feucht. Mohammed Ajar lächelte.

Ein gefährliches Lächeln.

Ein gehässiges Lächeln.

Und dazu dieses Schnaufen. Wahrscheinlich hatte
Ajar Wucherungen in der Nase. Und es war gut möglich, daß er sie nur deshalb nicht entfernen ließ, weil
er dann nicht mehr so furchterregend hätte schnaufen
können.

Keiner vermochte zu sagen, wieviel Zeit vergangen
war. Ajar setzte sie außer Kraft, so wie er jedem Gefangenen das letzte Quentchen Selbstbewußtsein
stahl.

Doch dann sagte Ajar einen Namen; er sagte ihn, als
hätte er das Todesurteil in der Hand, als warte hinter
ihm das Hinrichtungskommando.

«Ahmed Mamoud», sagte Ajar.

«Hier!» sagte Ahmed Mamoud und stand stramm.

«Mitkommen!»

Ahmed trat vor. Ängste durchflatterten ihn. Was
hatte Ajar mit ihm vor? Würde er ihm wieder ein
Bein stellen, daß er stolperte und dann rufen: «Was,
du niederträchtiger Rotzjunge fällst über mich her?»
Oder würde er ihn nur vor sich hergehen lassen und
ihm im geeigneten Augenblick einen kräftigen
Fußtritt geben?

«Raus!» befahl Ajar, und er stellte sich so, daß
139

Ahmed sich zwischen dem Türstock und Ajars fettem Bauch durchzwängen mußte.

Der Wärter trat auf den Flur, warf die Tür zu, stieß den Schlüssel ins Schloß und drehte ihn so brutal um, daß die drinnen das Gefühl beschlich, nie mehr in ihrem Leben würde sich diese Tür für sie noch einmal öffnen.

«Vorwärts!» brüllte Ajar.

Ahmed begann zu gehen, den langen dämmrigen Korridor entlang. Jeden Augenblick gegenwärtig, den brennenden Schmerz zu fühlen, wenn Ajars Stiefelspitze sein Gesäß trat. Aber er spürte nur Ajars warmen, feuchten Atem im Nacken.

Weil sich auf dem Flur nichts ereignete, stellte sich Ahmed darauf ein, daß ihm Ajar auf der Treppe ein Bein stellen würde. Doch nichts geschah. Absolut nichts.

«Unten links», sagte Ajar nur.

Und dann, nach wenigen Metern, kommandierte er: «Halt!»

Ahmed blieb stehen. Er zog die Schultern hoch, unter seiner Nackenhaut kribbelte es wie von Ameisen. Aber auch jetzt geschah nichts. Ajar schloß eine Tür auf.

«Hinein!» befahl er.

Ahmed trat ein. Es war ein dunkler, faulig riechender Raum mit glitschigem Fußboden. Irgendwo tropfte Wasser auf die Fliesen.

«Ausziehen!» befahl Ajar.

Ahmed sah sich um, instinktiv suchte er eine Peitsche an der Wand, einen Lederriemen.

140

«Na, wird's bald?»

Ahmed zog das Hemd aus und schlüpfte aus der Hose.

«Alles.»

Er zog auch die Unterhose aus.

«So und jetzt wasch dich, du Schwein.»

Ahmed drehte einen Hahn auf; es gab ein gurgelndes Geräusch, dann floß ein dünner Faden Wasser heraus.

«Dort ist Seife!»

Die Seife war aufgeweicht und roch nach Unschlitt, aber sie schäumte ein bißchen. Ahmed wusch sich, spülte den Schaum ab und blickte sich nach einem Handtuch um.

«Abtrocknen!» sagte Ajar. Und: «Ach, du hast kein Tuch, dann mußt du eben warten, bis du trocken bist.»

Ahmed wartete. Er fror, und in seinem Hirn kreiste nur ein Gedanke: Was haben sie mit dir vor? Was haben sie mit dir vor?

«Trocken?» fragte Ajar.

«Ja», sagte Ahmed, um nicht länger dieser Ungewißheit ausgeliefert zu sein.

Mohammed Ajar öffnete eine Tür, die nicht auf den Flur zurückführte. Ahmed trat in einen dämmrigen Raum, in dem es nach muffiger Kleidung und verschwitztem Zeug roch.

«He!» rief Ajar.

Zwischen den Regalen tauchte ein Häftling auf und fragte Ahmed nach seiner Gefangenennummer.

Nach wenigen Augenblicken kam der Häftling zurück und schmiß ihm ein Bündel vor die Füße. Ahmed erkannte die Sachen. Es waren sein Hemd, seine Hose, seine Schuhe.

«Anziehen!» sagte Ajar. «Aber ein bißchen schnell!»

Als Ahmed angezogen war, öffnete Ajar eine weitere Tür.

Ahmed betrat einen hellen Raum. An einem Schreibtisch saß ein Mann und hieb gerade einen Stempel auf ein Blatt Papier.

Mohammed Ajar salutierte und stand stramm. «Häftling Ahmed Mamoud bereit zur Entlassung», meldete er.

Der Mann am Schreibtisch streifte Ahmed mit einem flüchtigen Blick, dann fischte er aus einer Mappe ein Blatt heraus, unterschrieb es und drückte den Stempel neben die Unterschrift.

«Da», sagte er, «laß dich hier ja nicht mehr sehen.»

Ahmed begriff nichts, als er neben Ajar weiterging. Seine Schritte hallten in dem langen Flur, aber er hörte sie nicht. In seinen Ohren rauschte es. Er ging auf das Tor am Ende des Flures zu. Durch ein Fenster fiel Sonnenlicht. Und im Licht der Sonne tanzten Miriaden von Staubpartikelchen.

Wie eine Milchstraße, dachte Ahmed. Ajar schnaufte und redete hinter ihm, aber Ahmed hörte ihn nicht. Das Brausen in seinen Ohren wurde immer stärker und erinnerte ihn an etwas, das lange zurücklag . . .

Ajar drehte den Schlüssel im Schloß und öffnete das Tor.

Ahmed fiel das Sonnenlicht unvermittelt auf die Füße. Er zuckte zusammen. Da draußen war alles so weit.

«Verschwinde!» sagte Ajar.

Jetzt wußte Ahmed, woran ihn das Brausen erinnerte:
An die Menschenmenge, die damals den Boulevard
erfüllt hatte, an die Rufe:

Geduld hat ihre Grenzen!
Nieder mit den Bidonvilles!
Arbeit für alle!

«Verschwinde!» schrie Ajar.

Und Ahmed nickte und trat hinaus. Er drehte sich
nicht um. Es war ein Tag gegen Ende September, ein
heißer Tag. Er konnte heimkehren zu seinen Eltern,
zu seinem Bruder, den beiden Schwestern. Und der
Katze Mimouche.

Er wußte nicht, daß er der einzige von den über vierzig Angeklagten war, der einzige, der freigelassen
wurde.

Kaum drei Wochen nach dem Urteil.

Er wußte auch nicht, warum.

«Kommen Sie herein, Thomas!» rief der Professor. «Kommen Sie nur. Ich denke, ich habe etwas für Sie. Ob es gut ist, müssen Sie selbst entscheiden.»

Thomas kam dicht an den Schreibtisch heran und reichte dem Professor die Hand.

«Setzen Sie sich doch. Hier auf diesen Stuhl. Gestatten Sie, daß ich diesmal am Schreibtisch bleibe? Ich werde nämlich gleich etwas zu suchen haben, was ich hier . . .»

Der Professor suchte bereits.

Thomas warf einen Blick auf die gepolsterte Sitzfläche des Stuhls und entdeckte darauf einige aufgeschnittene Luftpostumschläge mit ausländischen Marken. «Hier», sagte er. «Entschuldigen Sie, ich hätte mich fast darauf gesetzt.»

«Ach, das macht nichts. Sammeln Sie Marken? Oder wissen Sie jemanden, der welche sammelt? Ich kann mit Briefmarken nichts anfangen. Es ist ein Geschäft für Pedanten, wissen Sie, für verhinderte Archivare und Beamte.»

«Ich wüßte jemanden», sagte Thomas und dachte an Simona, die das genaue Gegenteil einer Pedantin und verhinderten Archivarin war. «Oh», rief er aus, «Indonesien, Japan, Brasilien, Sowjetunion. Waren Sie dort schon überall?»

Der Professor lächelte etwas selbstgefällig. Bewunderung tat ihm wohl, er war auch nur ein Mensch.

«Ja», sagte er schließlich. «Und nicht nur in diesen Ländern. Das einzige Land, das mich – zu seinem eigenen Schaden übrigens – nicht einreisen ließ, war Nicaragua. Und wissen Sie, warum?»

«Nein», sagte Thomas und dachte an den Brief in seiner Mappe.

«Ich hatte Einreisestempel von osteuropäischen Staaten in meinem Paß. Also war ich für die dort ein Kommunist. Ein Witz. Ja, aber deswegen sind Sie nicht hier. Ich habe eine Nachricht für Sie, Thomas. Ich war vor einer Woche, nein, es sind schon wieder zwei Wochen her, zu einem Vortrag drüben. Sie wissen, ich habe einige Patente, die die Abwasserreinigung großer Industrieanlagen betreffen, und nun hatte ich da eine Idee — sie ist bereits geschützt — bezüglich Zellwollefabriken, die einen enorm großen Wasserbedarf haben. Wissen Sie, ich schaffe da einen betriebsinternen Wasserkreislauf ähnlich unserem Blutkreislauf und gewinne bei der Reinigung nützliche Abfallprodukte, die sich sehr gut verwerten lassen. Es würde zu weit führen, wollte ich Ihnen die Details erklären . . . Jedenfalls ist die Wasserersparnis enorm, und die Kosten der Anlage amortisieren sich unwahrscheinlich schnell durch die gewonnenen hochwertigen Abfallprodukte. Nun ja, ich sprach darüber vor Fachleuten in Moskau und kam dann mit einer jüngeren Frau in Kontakt, die sich intensiv mit Fragen der Großkompostierung beschäftigt. Ein überaus interessantes Thema übrigens, mit dem man sich auch bei uns eingehender befassen sollte. Hier stecken für unsere sich immer mehr verbrauchende Erde ungeheure Möglichkeiten. Nun ja, ich hatte sie irgendwie beeindruckt, ersparen Sie mir alle weiteren Begleitumstände, ich hatte Rubel, und sie schickte über Bekannte und so weiter etwas davon in die Nähe

145

von . . . wie hieß die Stadt noch?»

«Omsk», sagte Thomas und befeuchtete sich die Lippen. «Und das Geld ist angekommen?»

«Ja. Hier dieser Umschlag mit der sowjetischen Raumfahrermarke, in diesem Brief schrieb sie mir – natürlich verdeckt – daß das Geld angekommen sei. ‹Der Versuch, zu dem Sie mir rieten, ist geglückt›, oder so ähnlich. Mehr nicht. Mehr kann auch ich Ihnen nicht bieten. Aber vielleicht freut Sie das doch ein wenig.»

«Und ob! Dürfen wir Ihnen das Geld ersetzen?»

Der Professor lächelte. «Ich gebe zu, ich sehe Geld nicht ungern. Und ich weiß, es verdirbt den Charakter, obwohl man allein durch die Tatsache, mittellos zu sein, noch zu keinem guten Charakter kommt. Ich gebe sogar zu, daß ich in meinem Leben selten etwas umsonst gemacht habe. Im Gegenteil, ich habe die Gabe, mich sehr teuer zu verkaufen. Vielleicht kommt das daher, daß mein Vater ein geistlicher Herr war und auf materiellem Gebiet vollkommen unbegabt, im Gegensatz zu vielen seiner Amtsbrüder, wie ich ausdrücklich einräumen möchte. Aber meine Mutter war eine waschechte Amerikanerin aus vermögendem Haus, und schon Goethe gesteht, daß er einiges auch von seinem Mütterlein abbekommen habe. Nun ja, das zum Thema Geld. In Ihrem Fall aber würde ich mir wirklich schäbig vorkommen, wollte ich einer Rückerstattung keinen Widerspruch entgegensetzen. Nein, der Ausdruck in den Augen meiner Gesprächspartnerin in Moskau ist mehr wert, als ich je durch die Rückerstattung erwerben könnte.»

146

«Darf ich fragen, wie hoch die Summe, ich meine nur ungefähr . . .»

«Es waren meine Reisespesen von hier nach dort und zurück.»

«Das ist sehr großzügig von Ihnen, vielen Dank.»

«Vergessen wir's. Aber Sie hatten noch einen Wunsch auf dem Herzen?»

«Ja.» Thomas begann in seiner Mappe zu kramen. «Wir bekamen unlängst einen Brief aus Italien, das heißt, der Umschlag und die Marke waren von dort, und drinnen war dieser Brief, es ist eigentlich mehr ein Zettel. Wir nehmen an, daß es russisch ist.»

«Ja», sagte der Professor sofort, «eine Nachricht aus Leningrad. Einen Moment.»

«Darf ich mitstenografieren?»

«Tun Sie das.»

«‹Betrifft P.K. in J. bei Omsk. K. wurde zu fünf Jahren verurteilt. Die Familie hat große Schwierigkeiten. Frau K. ist kränklich und sehr verängstigt. Es sind vier Kinder da. Vier, sieben, neun und zehn Jahre alt. Der Vierjährige ist ein Junge, alles andere sind Mädchen. Hier eine Adresse, über die man schreiben kann, Sie brauchen sie nur abzuschreiben.› Hier steht noch: ‹Ihr schönes Geschenk paßt . . .›»

«Das sind Blue jeans für den Schreiber», warf Thomas ein.

«‹. . . Diese Nachricht wurde dem Mitglied einer italienischen Delegation übergeben.› Das ist alles», sagte der Professor. «Sie sehen, es ist nicht umwerfend, aber ein erster Erfolg. Die Sache wird transparenter. Die Nebel lichten sich. Und sie werden sich, das ist meine Überzeugung, weiter lichten. Wir dürfen sie nur nicht überfordern. Unser Tempo dürfen wir nicht zugrundelegen. Ich würde mich jetzt zwei, drei Monate lang ruhig verhalten, denn auch die Russen passen sich uns an, ich könnte Ihnen – würde es nicht zu weit führen – die erstaunlichsten Dinge erzählen. Eine andere Wahl haben sie in der SU auch nicht. Es sei denn, sie nehmen es auf sich, weit hinter die westlichen Industrienationen zurückzufallen.»

Woche des politischen Gefangenen.

Naßkaltes Oktoberwetter. Zugluft unter den Arkaden.

Brigitte hatte drei Vormittage übernommen. Sie brachte Florian und Petra in den Kindergarten, baute dann den Stand auf, legte Druckschriften darauf und versuchte, mit Vorübergehenden ins Gespräch zu kommen.

Die hatten wenig Zeit und schüttelten sie ab.

Die Leute wollten von Politik nichts hören, und schon gar nichts von politischen Gefangenen.

Politik wäre ein schmutziges Geschäft, das sollte sie selber wissen, sagte man. Brigitte lernte den Sprichwortschatz einer ganzen Nation kennen.

«Wärst net aufigstiegen, wärst net abigfallen», sagte eine Frau vom Land. «Das wissen die doch, das ist halt denen ihr Berufsrisiko.»

Ein alter Mann sagte: «Einmal der Gigl, einmal der Gagl», und verschwunden war er.

Ein junger Mann hörte ihr längere Zeit aufmerksam zu. So aufmerksam, daß Brigitte ihre schon fast verlorene Sicherheit zurückgewann. Doch zum Schluß sagte er: «Alles gut und schön, aber warum erzählen Sie mir das? Bischof Chi-Hak-Sun oder hieß er Hak-Sun-Chi in Nordkorea...»

«Südkorea», verbesserte sie, «in Südkorea, das von Amerika unterstützt wird.»

«Was ändert das? Wir stehen hier auf dem Marktplatz einer süddeutschen Kleinstadt, und die Entfernung, oder besser gesagt, der Entfernungsunterschied von hier nach Nord- oder nach Südkorea scheint mir ziemlich unbeträchtlich. Wenn also Präsident Park diesen katholischen Bischof für fünfzehn Jahre ins Gefängnis schickt, dann wird er seine Gründe dafür haben. Wollen Sie hier gegen Präsident Park anstinken? Und außerdem, sagen Sie mir, was würden beispielsweise Südkoreaner in einer südkoreanischen Kleinstadt tun, wenn ihnen dort eine junge Frau erzählte, daß – mal angenommen – Kardinal Döpfner hier in der Bundesrepublik für fünfzehn Jahre eingesperrt wurde? Was glauben Sie, könnten die *dort* für Döpfner *hier* erreichen?»

«Sie würden auf jeden Fall etwas tun und nicht sofort resignieren. Natürlich, wenn ich Ihnen hier vom Bischof Chi-Hak-Sun erzähle, und der Fall bleibt Ihnen gleichgültig, dann geschieht nichts. Aber wenn Sie der Fall berührt, ist schon etwas geschehen. Wir kriegen ihn dadurch nicht frei, gewiß, aber wenn es viele sind, und wenn sich viele für den Mann einsetzen, dessen einziges Verbrechen es ist, daß er auf der Seite junger Studenten stand, dann bewegt sich doch etwas, dann ist die Welt nicht mehr so gleichgültig, wie sie noch gestern war. Das ist es ja, wir kämpfen in dieser Woche doch in der Hauptsache gegen die Gleichgültigkeit an. Und wir tun das nicht nur hier, sondern in aller Welt.»

Brigitte empfand, daß sie warm wurde, daß sie überzeugend wirkte.

Aber da unterbrach sie der junge Mann. «Entschuldigen Sie, ich muß weiter. Sie überzeugen mich nicht.»

Er lief weg und winkte einem Mädchen auf der anderen Seite des Platzes zu, das ihn offensichtlich suchte.

150

Brigitte sah ihm nach und hätte in Tränen ausbrechen können.

Kurz darauf sprach sie jedoch wieder einen Mann an. «Kennen Sie amnesty international, wissen Sie, daß wir die Woch . . .» Sie erschrak.

Es war Direktor Bertram von der Bank, bei der sie in der Hypothekenabteilung gearbeitet hatte. Und dann – sie wunderte sich, wieso erst in zweiter Linie – fiel ihr ein, daß er auch der Chef ihres Mannes war. Bertram sah sie durch seine doppelt geschliffenen Brillengläser etwas traurig an. «Nun, was wollten Sie mir erzählen?»

«Amnesty international ist eine internationale Organisation, bei der ich ein bißchen mitarbeite.» Sie sagte es fast stimmlos, sie mußte sich räuspern.

«Sie haben es vielleicht in der Zeitung gelesen, amnesty hält die Woche des politischen Gefangenen ab. Es soll an das oft grauenvolle Schicksal von politischen Gefangenen in aller Welt erinnert werden. Ich weiß nicht, inwieweit Sie die Sache kennen . . .»

«Doch, ich habe gelesen, daß Sie die chilenische Junta angegriffen haben, die den Saustall, den Allende hinterließ, wieder in Ordnung bringt. Glauben Sie, daß es klug ist, diesen Leuten in den Arm zu fallen?»

«Es sind furchtbare Dinge in Chile passiert, Herr Bertram.»

«Waren Sie dort?»

«Eine Kommission von amnesty international . . .»

«Ich meine, ob Sie persönlich dort waren.»

«Nein, ich war nicht dort. Wie sollte ich . . .»

«Sehen Sie, und Herr Heck war dort, und den kenne

151

ich, wenn auch nicht persönlich, so doch immerhin besser als Ihre Organisation. Schließlich war er Bundesminister. Und zudem ist er ein christlicher Mann. Er hat die Anwürfe, die in der linken Presse zu finden waren, nicht nur nicht bestätigt, sondern ausdrücklich bescheinigt, daß es den Gefangenen im Stadion von Santiago gut gehe.»

«Zumal, wenn die Sonne hineinscheint, ich weiß», stellte Brigitte fest. «Darf ich Sie darauf aufmerksam machen, daß wir *alle* politischen Gefangenen betreuen, ohne Unterschied von Nation, Religion, Rasse und parteipolitischer Zugehörigkeit?»

«Das kann genauso gut ein Deckmantel sein.»

«Amnesty international ist weltweit anerkannt, Herr Betram, amnesty hat beratenden Status beim Wirtschafts- und Sozialrat der Vereinten Nationen, bei der UNESCO, beim Europarat und auch beim Rat der afrikanischen Staaten. Amnesty ist in vielen westeuropäischen Ländern als gemeinnützige Organisation anerkannt.»

«Das bestreite ich ja nicht. Aber warum engagieren Sie sich so in Chile? Ich habe mit Leuten gesprochen, die das Land erst kürzlich verlassen haben. Wissen Sie, wie es dort zuging?»

«Sie haben mit Chilenen gesprochen?»

«Selbstverständlich nicht. Aber meine Bekannten haben eine unserer bedeutendsten Firmen in Chile vertreten. Hören Sie sich einmal an, was die über Allende erzählen.»

«Aber . . .»

«Und dann Brasilien, daran haben Sie ja auch eine

152

Menge auszusetzen. Sie sehen, ich bin informiert. Wissen Sie aber, daß VW dort einen sehr schicken Wagen herausbringt?»

«Kennen Sie den Bischofsbrief von Dom Helder Camara zum Fall Brasilien?»

«Ein Modebischof, dem der Purpur das Gehirn vernebelt hat. Der Mann ist nicht nur außen, sondern auch innen rot. Soviel ich mich erinnere, hat er diesen Brief geschmackvollerweise mit dem 1. Mai datiert.»

«Der ein kirchlicher Feiertag ist. Ich gebe zu, noch nicht lange.»

«Auch so eine Mode», sagte Bertram, «wie Popmusik in der Kirche und all der Kram, der aus vollkommenem Mißverstehen des Auftrages der Kirche immer mehr einreißt. Aber ich halte Sie auf, entschuldigen Sie mich.»

Brigitte starrte ihm nach. Ich gebe auf, sagte sie sich, ich bin der Sache nicht gewachsen. Ich bin eine Niete, eine vollkommene Niete. Sie wußte plötzlich, wie es früher war, wenn man am Pranger stand. Nein, sie würde niemand mehr ansprechen.

«Hören Sie», sagte da ein junger Mann, hoch aufgeschossen, Brille, dazu ein paar Pickel im Gesicht. «Wie ist das mit amnesty? Wie kann man da mitmachen? Ich suche den Verein schon lange.»

«Wirklich?» rief Brigitte. «Also, hören Sie zu. Eines muß ich Ihnen gleich sagen. Für amnesty braucht man ein eisernes Stehvermögen. Es hat keinen Sinn, wenn Sie das nicht vorher wissen. Mißerfolg, Enttäuschung, Diffamierungen, und nur hie und da ein Erfolg, das alles liegt ganz dicht beisammen . . .»

«Kannst du einen Augenblick hier anhalten», bat Brigitte. «Ich will dir noch etwas sagen.»

Thomas trat auf die Bremse und fuhr dicht an den Rinnstein. «Nun», sagte er, «was ist?»

«Ich, ich . . .» Brigitte zögerte.

Sie kamen von Berts neuer Wohnung. Zum erstenmal hatten sie dort getagt. Es lag zwar ein bißchen außerhalb der Stadt, aber sonst war es ideal. Ein Weiler mit vier, fünf Häusern, mehr konnte man im Dunkeln nicht erkennen. Gegenüber dem Bauernhaus eine große Scheune. Es roch nach Landwirtschaft. Nach Heu, nach Silofutter, nach Kuhstall, nach gesägtem Holz und im Haus nach Milch.

Als sie das Haus verließen, hatte es aufgeklart. Dach und Scheiben des Wagens waren bereift. Brigitte war noch zum Kuhstall gegangen und hatte dem ruhigen Atmen der Kühe zugehört. Sie liebte Stallgeruch. Dann waren sie zu viert losgefahren. Thomas hatte zunächst Simona nach Hause gebracht, dann Claudia, und jetzt mußte er noch Brigitte absetzen.

Frank, der Neue, war mit dem Moped zurückgefahren.

«Nun? Was wolltest du mir sagen?»

«Ich bin eine Niete», preßte Brigitte hervor. «Ich habe diese Woche total versagt. Wahrscheinlich habe ich euch sogar geschadet.» Sie erzählte die Geschichte von Bertram.

«Du hast doch nicht versagt», beruhigte sie Thomas, «du hättest wahrscheinlich ganz anders mit ihm gesprochen, wäre er nicht dein früherer Chef gewesen und der jetzige Chef deines Mannes. Du warst eindeutig gehandikapt, und das hat er gewußt. Er hätte sonst gar nicht gewagt, so zu sprechen, glaube mir. Schade, daß er nicht an mich geraten ist.»

«Ich möchte trotzdem aufhören. Ich stehe diese Arbeit einfach nicht durch, all diese Enttäuschungen.»

«Du hast ein Tief», sagte Thomas ruhig. – Und sie dachte, er kennt sich aus mit Frauen, woher hat er das nur? – «Du hast ein ganz persönliches Tief. Ich hatte das auch einmal, du erinnerst dich, gleich damals nach den Sommerferien. Aber darum sind wir ja mehrere in einer Gruppe, damit einer das Tief des anderen abfängt.» Er lachte. «Schlimm wird es nur, wenn alle gleichzeitig ein Tief haben. Na, dann ist es sicher aus. Hoffentlich kommt es bei uns nie so weit.»

«Wir haben so wenig Erfolg», sagte sie niedergedrückt. «Wir wissen nichts von Ahmed, wir haben einen Zettel aus Leningrad, wir wissen, daß Mendoza in einer Mausefalle sitzt, aus der er sich nicht zu weit herauswagen darf. Und die Gefangenenzahlen steigen. Für zweihundert Entlassene kommen dreihundert neue. Und in Südafrika diese Geschichte mit dem Hausarrest, der nichts anderes ist als eine perfide Abart von Haft . . .»

«Ich gebe zu, daß es attraktiver wäre, würden wir im Handstreich oder meinetwegen durch eine kleine Erpressung Gefangene befreien. Attraktiver vor allem für die Massenmedien, aber keinesfalls nützlicher für die Gefangenen. Nein, wir können nur so verfahren, wie wir verfahren. Auf lange Sicht, und das lasse ich mir nicht ausreden, auf lange Sicht erreichen wir so bestimmt mehr. Mit Gewalt kannst du nie Gewaltlosigkeit herbeiführen. Vielleicht gibt es Länder, in denen das Elend so groß und die Machtstruktur so versteinert ist, daß Gewalt der einzige Ausweg zu sein scheint. Für uns jedoch gilt das bestimmt nicht. Wir müssen Gewalt durch Gewaltlosigkeit beseitigen, und das ist so ungeheuer schwierig, weil vielleicht gerade wir Europäer auf Ungeduld angelegt sind.»

«Wenn ich mir überlege, ai hätte es schon in der Nazizeit gegeben, was hätte die Tätigkeit den vielen, vielen Häftlingen in den Konzentrationslagern genützt? Nichts! sage ich dir.»

«Du darfst nicht rückwärts gehen. Wichtig ist nur, daß wir von Jahr zu Jahr unsere Mittel vervollkommnen werden. Wir haben ja fast noch keine Erfahrung . . . Überleg es dir noch einmal. Du hast diese Woche immerhin einen neuen gewonnen.»

«Das war Zufall. Frank wollte sowieso Mitglied werden. Ich bin ihm nur über den Weg gelaufen.»

«Und ein anderer will jeden Monat dreißig Mark für amnesty zahlen.»

«Und wenn schon! Das macht die Sache mit Bertram nicht wett.»

«So etwas passiert dir nur einmal. Ich meine, daß du jemand ansprichst, ohne ihn vorher ein bißchen zu mustern. Wenn du noch eine Woche am Stand stehst, weißt du genau, wen du ansprechen mußt, wer ansprechbar ist. Ich habe dir das vielleicht nicht deutlich genug gesagt. Ich bin nicht so optimistisch, daß ich mir einrede, ich könne jeden überzeugen. Ich picke mir die Rosinen aus dem Kuchen. Und ich weiß, daß

156

ich so zehnmal mehr erreiche, als würde ich wahllos jeden anquatschen, der vorbeigeht. Darum habe ich ja damals ausgerechnet dich angesprochen. Und du siehst, ich hatte recht.»

Thomas hatte beinahe zärtlich gesprochen. «Nein», sagte er, «du hast ein persönliches Tief. Das geht vorüber. Vielleicht fehlt dir nur jemand, der dir zuhört. Hast du zu Hause Krach gehabt?»

«Nicht direkt», sagte sie. «Es ist aber auch nicht gerade harmonisch. In der Bank auf seinem Schreibtisch hat Heinz so einen kleinen elektronischen Tischrechner. Der funktioniert unheimlich gut. Man muß nur die richtigen Tasten drücken. Irgendwie scheint er mich daheim mit diesem Tischrechner zu verwechseln.»

«Ich verstehe», sagte Thomas. «Aber glaube mir, du wirst nicht glücklicher, wenn du deine Arbeit für amnesty aufgibst.»

«Immer nur Briefe an Frau Nkala schreiben. Ab und zu Geld auftreiben und es auf den Weg bringen . . . Und an der Lage in Rhodesien ändert sich nichts. Die Weißen klammern sich an ihren Besitz und an die Macht, die ihnen diesen Besitz garantiert, ohne die geringste Rücksicht auf die schwarze Mehrheit. Alles was wir tun können, ist in Einzelfällen Trostpflästerchen verteilen . . .»

«Und ich denke mir, wir bewirken Veränderungen. Wir merken es nur nicht, weil es uns keiner sagt.»

Simona hatte während der Französischstunde kleine Briefchen geschrieben und an vier, fünf Klassenkameradinnen gehen lassen.

Kamphaus hatte getan, als merke er nichts.

In der großen Pause trafen sie sich unter der großen Kastanie im Schulhof.

Simona hüpfte wie ein kleines Mädchen. «Stellt euch vor, die Schau kann steigen!» rief sie. «Am Samstag. Meine Eltern sind über das Wochenende fort. Wahrscheinlich kommen sie erst am Sonntag zurück. Ich habe Zeitlimit bis um zwölf.»

«Wenn deine Eltern nicht da sind, geht's auch länger!» sagte Inge. «So genau nehmen wir es nicht.»

«Also, wenn ich etwas verspreche, halte ich es auch», rief Simona. «Wir können ja schon am Nachmittag anfangen. Das reicht doch bis um zwölf.»

«Natürlich reicht es», sagte Barbara, und zu Inge: «Du kannst nie genug kriegen. Wenn es dir nicht paßt . . .»

«Also Ruhe jetzt, wir müssen das organisieren. Wer hat gute Platten, wer bringt etwas zu trinken mit, wer trägt zum Essen bei?»

«Ich bringe eine Kiste Limo mit», sagte Barbara.

«Limo», maulte Andrea.

«Ausgerechnet du mußt dich über Limo aufregen. Willst du wieder die Tapeten ankotzen wie neulich?»

Sie teilten ein, wer was zu bringen habe. Als sie alle Probleme gelöst hatten, fiel ihnen gerade noch rechtzeitig ein, daß sie sich eigentlich auch um Jungen kümmern müßten. Mit wem sollten sie sonst tanzen? Ein paar Namen fielen, fanden Zustimmung oder wurden verworfen. Dann blieb nur noch die Frage, wer sie einladen sollte.

«Und was ist, wenn jede einen mitbringt?»

Simona überlegte blitzschnell, daß sie dann keinen wüßte. Sie hatte sich in letzter Zeit überhaupt nicht um Jungen gekümmert. Wen konnte sie einladen?

«Hat eine von euch einen Vetter für mich?» fragte sie.

«Ja», sagte Ingrid, «ich, wenn es dich nicht stört, daß er erst sieben ist.» Die anderen lachten.

«Laß, ich suche mir schon selber einen», sagte Simona.

«Und wie ist es mit Kostümen? Sollten wir das nicht abstimmen?»

«Nein, sonst ist es gar keine Überraschung!»

«Und wenn dann alle das gleiche anhaben?»

«Dann lachen wir uns krumm und schief», rief Andrea.

Sie merkten nicht, daß Kamphaus näher kam. Die tolle Faschingsparty war viel wichtiger. Sie zuckten zusammen, als Kamphaus fragte: «Nun, welche Verschwörung findet denn hier statt?»

«Simona darf eine Party geben», sagte Barbara. «Sie sucht einen Partner . . .»

«Stimmt nicht!» Simona wurde rot. «Ich habe schon einen.»

«Dachte ich mir doch, es ginge um eine Party», sagte Kamphaus, «als da während des Unterrichts wieder einmal der Bundespost Konkurrenz gemacht wurde.»

Die Mädchen sahen sich an. Aber als Kamphaus lächelte, atmeten sie auf. «Merkwürdig», fuhr er fort, «dies ist die einzige Nachrichtenübermittlung der

Welt, die nicht teurer geworden ist. Zumal, wenn kein Strafporto verlangt wird.»

Kamphaus ging wieder, er legte seinen Kopf in den Nacken und verschränkte die Hände am Rücken. So ging er gern, wenn er über etwas nachdachte, oder wenn er den Eindruck erwecken wollte, er denke nach.

Als die Pause zu Ende ging, rief er Simona zu sich und fragte: «Nun, wie geht es dir?»

«Wie meinen Sie das?» fragte sie plötzlich etwas befangen.

«So ganz allgemein. Natürlich außerhalb der Schule. Was macht beispielsweise amnesty, was macht dein Fall?»

«Es kam endlich wieder einmal ein Brief von der Botschaft», seufzte sie. «Man hat zugesagt, daß man sich erkundigen will. Das dauert alles!»

«Und sonst?»

«Unseren spanischen Fall konnten wir abschließen. Wir haben über verschiedene Stellen interveniert. Der Mann arbeitet wieder. Zwar nicht mehr in der Fabrik, wo er früher war, aber in einem Servicedienst. Da dürfte er sogar ein bißchen mehr verdienen.»

«Das ist doch immerhin etwas.»

«Dafür ist der neue Fall, den wir bekommen haben, ziemlich traurig. Eine chilenische Folkloresängerin, die so gefoltert und mißhandelt wurde, daß sie nun auf einem Ohr taub ist. Die Sache ist schwierig. Die Junta behauptet, amnesty sei eine kommunistische Organisation.»

«Und die Sowjets behaupten, ihr wärt eine antikom-

160

munistische Organisation. Ihr könntet also mit der Empfehlung der einen Seite zu anderen Seite gehen.» Kamphaus schüttelte den Kopf. «Nein, so lustig ist das leider nicht. Im Grunde beweist es nur, daß ihr es immer mit den gleichen Leuten zu tun habt. Nur die Sprachen sind verschieden und die geographischen Bezugspunkte, kaum die geistigen Standorte . . . Aber wie ist das nun mit eurer Party? Hast du einen Partner?»

«Ehrlich gesagt, nein. Ich wollte nur nicht vor den anderen . . .»

«Ich weiß», unterbrach sie Kamphaus. «Ja, ich kenne leider auch keinen Jungen für so eine Party. Aber ich mache mir schon lange Gedanken über Stefan Becker aus der elften. Vielleicht sprichst du ihn einmal auf amnesty an. Ich denke, er würde mitmachen. Möglicherweise tanzt er auch gern. Aber das müßtest du herausfinden.

Kamphaus lächelte und ging.

Simona sah ihm nach. Sie machte eine Entdeckung. Kamphaus' Haar war länger geworden. Es reichte über den Kragen seines Mantels. Simona seufzte. Und dann sagte sie ganz für sich, lieber Gott, gib, daß dieser Stefan nicht zwei linke Füße hat.

Simona wählte die Telefonnummer und wartete. Oh, sie hätte schreien mögen, das Fenster öffnen und es hinausschreien.

Sie zählte die Summtöne, einmal, zweimal, dreimal, sie hoffte, daß gleich er am Apparat sein würde, damit sie nichts würde erklären müssen, viermal, fünfmal, das dauerte! Dann meldete sich eine Frauenstimme.

«Oh Verzeihung», begann Simona und kam ins Stottern, «hier spricht Simona Zumbusch, ich bin», sie räusperte sich, «ein . . . eine Schülerin von Herrn», sie überlegte und sagte dann, «von Herrn Oberstudienrat Kamphaus. (Es gab noch Frauen, die Wert auf Titel legten.) Könnte ich ihn kurz sprechen? Ich glaube, ich habe eine Nachricht, die ihn freuen dürfte.»

«Moment», sagte die Frauenstimme.

Und dann war Kamphaus am Apparat. «Ja, hier Kamphaus», meldete er sich gedehnt, «was gibt es, Simona?»

«Oh, ich weiß gar nicht, wo ich anfangen soll. Ein Brief, ein Brief kam heute. Ich habe ihn vor mir liegen, und da steht . . . es geht um Ahmed Mamoud, wissen Sie . . . da steht, ich lese es Ihnen französisch vor: ‹Il a été libéré le 21 septembre.› Fast auf den Tag genau vor einem halben Jahr ist er entlassen worden! Und wir haben uns solche Sorgen gemacht! Er mußte also die achtzehn Monate nicht mehr absitzen. Ist das nicht wunderbar? Was sagen Sie? Der Brief ist eben gekommen.»

«Ich freue mich mit euch», sagte Kamphaus. «Das wird euch mächtig Auftrieb geben.»

162

«Entschuldigen Sie, daß ich Sie störe», sagte sie erst jetzt, «aber ich konnte es einfach nicht für mich behalten, ich mußte ... ich ... Ich hätte mich gleich entschu ... wissen Sie, ich bin so aufgeregt. Verzeihen Sie.»

«Jetzt entschuldige dich nicht fortwährend. Ich verstehe, was das für dich bedeutet. Und ich freue mich.»

«Wissen Sie, es ist ein komisches Gefühl ... Und was haben wir für Briefe geschrieben, ganze Ordner voll. Nein, nach so viel Enttäuschungen diese Nachricht!» Dann sagte sie unvermittelt: «Auf Wiedersehen», und legte den Hörer auf. Sie war am Heulen. Sie rannte zum Fenster, schob die Gardinen beiseite und öffnete es. Frische Frühjahrsluft strömte herein. Sie atmete tief. Im blühenden Forsythienstrauch turnten die Kohlmeisen.

Oh, sie mußte alle verständigen.

Claudia erreichte sie telefonisch, Frank auch, aber Brigitte, Thomas und Bert nicht. Sie lief hinunter, holte das Rad aus der Garage, rannte nochmals hinauf, weil sie den Brief vergessen hatte, und fuhr zu Brigitte. Brigitte wollte gerade mit den Kindern ausgehen.

«Komm», sagte Simona, «ich gehe ein Stück mit dir.» Und sie hielt Brigitte den Brief unter die Nase und übersetzte ihn ins Deutsche.

«Mami», fragte Petra, «warum ist die Frau so aufgeregt?»

«Welche Frau?» fragte Brigitte und sah sich um.

«Die da!» Petra zeigte mit dem Finger auf Simona.

«Oh, Petra, erstens sollst du nicht mit dem Finger . . .»

«Gelt», sagte Florian, «du bist noch gar keine Frau?»

«Nein», sagte Simona.

«Hast du schon ein Kind?»

«Nein», sagte Simona, «ich . . .»

«Ich weiß, wie Kinder kommen», sagte Florian.

«Na, und wie?» fragte Brigitte.

«Man muß sich ins Bett legen», sagte er etwas kleinlauter. «Und dann kriegst du es.»

«Ja, aber du hast vergessen, mit wem.»

«Mit meinem Papa natürlich», sagte Florian, «was denkst du denn?»

«Florian hat ein Glied», rief Petra. «Und ich, Mami, was habe ich?»

«Ein Schmetterling!» rief Florian und riß sich los.

«Wo?» fragte Petra. «Wo ist ein Schmetterling?»

«Dort, ein gelber Schmetterling.»

«Ein Zitronenfalter», erklärte Brigitte, «so früh im Jahr.»

«Nein», fuhr sie zu Simona gewandt fort, «man sollte wirklich nicht so kleinmütig sein. Wenn ich an den Abend denke, an dem wir das erstemal bei Bert und Angela waren . . . Damals habe ich Thomas gesagt, ich wolle aussteigen. Ich war so verzweifelt, weil wir nur Mißerfolge hatten. Stell dir vor, und da war Mamoud schon frei. Und Thomas sagte noch, ‹wir bewirken Veränderungen. Wir merken es nur nicht, weil es uns keiner sagt.› Siehst du, hätten wir nicht nachgebohrt, wir hätten es nie erfahren. Die sagen einem das nicht von selber. Es liegt immer im Interesse der anderen, wenn wir mutlos werden. Und deshalb sollte man nie aufgeben.»

Brigitte blieb plötzlich stehen. «Wohin gehen wir eigentlich?»

«Wir brauchen nur noch an der Baumschule entlang, dann sind wir bei dem Altersheim, wo Thomas seinen Zivildienst ableistet. Er muß es schließlich auch wissen.»

«Gut, ich warte hier auf dich.»

«Warum kommst du nicht mit, wegen der Kinder?»

«Nein, nur . . . Es ist doch dein Fall.»

«Zum Freuen ist es ein Fall für uns alle.»

Thomas war gerade mit zwei alten Männern im Garten. Simona schwenkte den Brief und lief ihm entgegen. «Thomas, stell dir vor, Ahmed ist schon seit September frei. Da, lies!» Sie reichte ihm den Brief.

«Mensch», sagte er, nachdem er den Brief gelesen hatte. «Und die lassen uns so lange im Dunkeln tappen.»

«Sei froh, daß wir es jetzt wissen», sagte Brigitte, die mit den Kindern nachgekommen war. «So haben wir die Freude heute.»

«Jetzt machen wir die Auktion», sagte Thomas, nachdem er kurz nachgedacht hatte. «Unsere lang zurückgestellte Bilderauktion. Wir brauchen nur noch ein paar Bilder. Ich weiß auch schon, wo wir diese Auktion veranstalten.» Er sah Brigitte an und lächelte.

«Wo denn?»

«Ich geh zu Bertram», sagte er. «Die Schalterhalle in der Bank ist groß und hell. Und da kommen viele Leute hin.»

«Ich weiß nicht», sagte Brigitte. «Mir wäre es lieber, du gingst nicht zu Bertram. Mein Mann ist doch bei der Bank . . .»

«Das weiß ich offiziell gar nicht, und wenn, habe ich es längst vergessen.»

«Bertram macht das nie.»

«Wetten, daß er es doch tut?» fragte Thomas, und seine Augen blitzten. «Nach solch einer Nachricht rede ich jeden an die Wand. Wetten?»

«Wette nicht», sagte Simona zu Brigitte. «Du verlierst, er schafft es tatsächlich.»

Bertram stand, beide Hände leicht auf den Schreibtisch gestützt, und betrachtete Thomas.

«Bitte?» fragte er leise.

Thomas nannte seinen Namen und stellte sich als Sprecher der örtlichen ai-Gruppe vor.

«Nehmen Sie Platz», Bertram wies auf den Ledersessel hinter Thomas. «Ich muß Sie wahrscheinlich enttäuschen», fuhr er gleich fort, «aber die derzeitige wirtschaftliche Situation erlaubt es uns nicht, Spenden irgendwelcher Art . . .»

Thomas lächelte. «Ich komme nicht, um zu betteln, Herr Direktor. Ich wollte Ihnen eigentlich etwas bieten. Und zwar nur, weil Sie den schönsten Schalterraum hier bei uns haben.»

«Sie werden mir doch nicht weismachen wollen, daß Sie nichts wollen.»

«Natürlich will ich etwas», sagte Thomas, «aber ich biete Ihnen auch etwas dafür. Wir haben es schon mit der Presse abgesprochen, mit dem Fernsehen verhandeln wir noch, ganze Schulklassen würden kommen, also Ihre Kunden von morgen, und normale Leute auch. Eine wunderbare Gelegenheit für Sie, für Ihre Bank Reklame zu machen.»

«Und was wäre der Anlaß?» Bertrams Miene wurde säuerlich.

«Eine kleine Ausstellung von Ölbildern, Aquarellen und Graphiken, die wir dann bei Ihnen versteigern wollen. Der Reingewinn fließt amnesty international zu. Auch mit einem Auktionator haben wir schon gesprochen, er würde eigens auf seine Kosten anreisen, um uns auf diese Art zu unterstützen. Ob Sie für Ihr

Institut selbst ein Bild ersteigern wollen, ist dann Ihre Sache.»

In Bertrams Kopf arbeitete es.

«Sie sind der erste, den ich frage. Wenn Sie der Vorschlag nicht interessiert, werde ich gegenüber zur anderen Bank gehen, die ja auch einen sehr schönen Schalterraum hat . . .»

«Nein, nein», sagte Bertram, «einen Moment.» Er drückte auf einen Knopf: «Herr Gern, könnten Sie einen Augenblick zu mir kommen?» Dann fragte er Thomas: «Schickt Sie vielleicht Frau Brigitte Barling zu mir?»

«Was würden Sie gerne hören?» fragte Thomas und lachte. «Können wir diese Frage nicht zurückstellen, bis ich weiß, ob Sie mitmachen wollen oder nicht?»

«Ai», sagte Bertram, «man hört sehr viel in letzter Zeit davon.»

«Ja, wir betreuen seit kurzem auch eine Chilenin. Sie ist durch Schläge bei Mißhandlungen und Folterungen auf einem Ohr taub. Es ist ziemlich schwierig für uns . . .»

«Ja», sagte Bertram, «man hört einiges. Ich dachte zunächst, ich meine, ganz allgemein dachte man doch zunächst . . . Aber es scheint da doch einiges vorgefallen zu sein . . . Auch rein wirtschaftlich, davon scheint ja niemand dort eine blasse Ahnung . . . Wissen Sie, ich verdränge das nicht. Ich bin nicht ein Mensch, für den eine Sache schon allein dadurch legitimiert ist, daß sie von Offizieren ausgeht. Oder weil sie doch mehr oder weniger von rechts kam . . .»

«Ja», sagte Thomas, «von rechts kam sie wohl.»

168

«Hat Ihnen Frau Barling von unserer Diskussion erzählt?»

«Frau Barling?» fragte Thomas. «Nein, nicht daß ich wüßte. War sie bei Ihnen?»

«Nein, wir trafen uns per Zufall. Nun, es ist nicht so wichtig.»

Ein freundlicher Herr trat ein, grauer Anzug, weißes Hemd, dunkelroter Schlips, hohe Stirn. «Herr Gern, Herr Bernau», machte Bertram bekannt. «Herr Gern, sehen Sie da eine Chance? Herr Bernau kommt von amnesty international, und er möchte für seine Organisation eine Kunstversteigerung machen. Die Bilder sollen in unserer Schalterhalle ausgestellt und dann versteigert werden.»

«Doch, durchaus», sagte Herr Gern. «Erst kürzlich hat das Fernsehen einen Bericht über eine Ausstellung in einer Wiener Bank gebracht, die von amnesty international veranstaltet wurde. Und in Frankfurt, las ich, war auch etwas Ähnliches.»

«Wenn ich richtig verstanden habe, sollen es nicht Bilder von amnesty international sein, sondern moderne Kunst: Ölbilder, Aquarelle, Graphiken. Habe ich recht?»

«Durchaus», sagte Thomas. «Nur der Reinerlös ist für amnesty. Und es sind anerkannte Leute dabei. Lederer, Vahlenberg . . .»

«Können wir so etwas machen, Herr Gern?»

«Ich denke doch. Man müßte natürlich die Presse benach . . .»

«Das machen wir», sagte Thomas.

«Vielleicht mit einem kleinen Empfang am Vorabend,

damit die Damen und Herren von der Pre . . .»

«Für einen Empfang haben wir natürlich kein Geld», warf Thomas ein.

«Nein, nein, das ist klar. Selbstverständlich würde unser Haus . . . So sind wir nun auch wieder nicht», meinte Bertram.

«Und falls Sie eine Liste der Bilder mit den Ausrufungspreisen, so eine Art Versteigerungskatalog . . Das könnten wir wohl auch, Herr Bertram, oder?» fragte Herr Gern.

«Doch. Ja. So ungefähr dachte ich mir das auch. Wir haben eine Vervielfältigungsmaschine, die das sehr hübsch macht.»

«Es dürfte nur nicht so aussehen, als würden Sie die Versteigerung veranstalten», sagte Thomas kühn. «Es müßte schon klar sein, daß amnesty dahintersteht.»

«Darüber einigen wir uns», sagte Herr Gern.

«Lies bitte den Fallbericht», sagte Thomas. «Du wolltest doch immer einen englischsprachigen Fall. Hier ist einer.»
Brigitte las:

Gefangener: Martin Coster
Status: Adoption
Alter: 34
Beruf: Buchhändler
Verhaftung: 29. August
Beschuldigung: Rauschgifthandel (siehe nähere Erläuterung unten)
Gerichtsurteil: 40 Jahre
Gefängnis: Zuchthaus von Clinton
Familie: keine
Sprache: englisch

Auf den ersten Blick sieht der Fall Coster nicht wie ein Fall für amnesty international aus. Eine Untersuchung der Fakten hat jedoch ergeben, daß die Anklage des Rauschgifthandels unbegründet war, und daß man sich eines plumpen Tricks bediente, um zu verhindern, daß Coster weiterhin aktiv bei der Bewußtseinsbildung der schwarzen Bevölkerung in den USA mitwirkte.
Wenige Stunden vor Costers Verhaftung betrat ein stadtbekannter Rauschgiftsüchtiger, A. Williams, Costers Buchhandlung. (A. Williams sitzt jetzt wegen Einbruch im Gefängnis.) Kurz darauf bezeugte er vor

der Polizei, in Costers Laden Heroin gekauft zu haben. Coster und sein Assistent wurden festgenommen; Costers Buchladen, der zu einem Treffpunkt und einer Art Kommunikationszentrum der farbigen Bevölkerung geworden war, wurde geschlossen. Coster wurde vom Gericht für schuldig erklärt, Rauschgift besessen und damit gehandelt zu haben und zur Höchststrafe von vierzig Jahren verurteilt.

Kurze Zeit später zog A. Williams seine Aussage vor einem Bundesrichter zurück. Costers Antrag auf Wiederaufnahme des Verfahrens wurde jedoch abgelehnt, weil das Gericht sich nicht ausreichend überzeugt sah, «daß Williams Zeugenaussage falsch war.» Inzwischen meldet Costers Anwalt, ein Professor an der Staatsuniversität von Buffalo, New York, daß einer der Polizeioffiziere, die das offensichtlich abgekartete Spiel gegen Coster organisiert hatten, für das Verschwinden von Drogen im Wert von hunderttausend Dollar aus dem Rauschgift-Depot der Polizei verantwortlich erklärt und entlassen wurde. Einem Beobachter von amnesty international wurde bislang ein Gespräch mit Coster verweigert. Der Fall von Martin Coster ist ein Beispiel für die Verfolgung Andersdenkender durch falsche Beschuldigungen. Eine Methode, die in den USA zunehmend angewandt wird. Das ist umso gefährlicher in einem Land, das offiziell bestreitet, politische Gefangene zu haben.»

Brigitte blickte Thomas fassungslos an. «Und du meinst, so etwas gibt es wirklich?»

Thomas nickte. «Lies den Bericht über die drei Gefangenen von Charlotte. Dort hat man gleich drei

172

schwarze Intellektuelle für Jahre aus dem Verkehr gezogen, Leute mit Kindern. Willst du den Fall Martin Coster übernehmen?»

«Ich will», sagte Brigitte, «aber ich muß das erst einmal verdauen. Wenn das für mich ein harter Schlag ist, was für ein Schlag muß das erst für Coster gewesen sein. Sag, sind wir wirklich so wehrlos? Daß da irgendeiner hingehen und etwas Falsches behaupten kann . . .»

«Ich glaube trotzdem an das Recht», sagte Thomas. «Ich halte das Recht für das Zäheste und Langlebigste auf dieser Welt.»

«Thomas?» fragte Brigitte.

«Ja?»

«Hast du mich damals wirklich angesprochen, weil du dachtest, ich könnte es schaffen?»

«Ja», sagte Thomas. «Selbstverständlich.»

«Und das glaubst du auch heute noch?»

«Ich weiß, du wirst durchhalten.»

«Warum ist es so viel leichter, Staub vom Mond zu holen, als ein bißchen Gerechtigkeit auf Erden zu erreichen?»

«Ja, warum», sagte Thomas. «Frag mich. Frag dich. Frag alle anderen. Vielleicht weiß einer die Antwort.»

Nachwort

Die allgemeine Erklärung der Menschenrechte bestimmt in ihren Artikeln 5, 9, 18 und 19, daß kein Mensch willkürlich verhaftet oder der Folter unterworfen werden darf; sie garantiert darin das Recht eines jeden auf Gedanken- und Religionsfreiheit und das Recht auf freie Meinungsäußerung.

Amnesty international ist eine unabhängige Organisation, an keine Regierung, politische Partei, Glaubensgemeinschaft gebunden. Sie setzt sich auf der ganzen Welt für Männer und Frauen ein, die unter Verletzung der Menschenrechtskonventionen allein ihrer politischen Ansicht, ihres Glaubens, ihrer Hautfarbe oder ihres ethnischen Ursprungs wegen verfolgt werden oder in Haft gehalten werden. Dabei ist parteipolitische Neutralität für amnesty international striktes Gebot. Amnesty international identifiziert sich nur mit den widerrechtlich verfolgten Menschen, nicht mit den von ihnen vertretenen Meinungen. Eine weitere Voraussetzung ist, daß der Häftling weder Gewalt angewendet noch die Anwendung von Gewalt propagiert hat.

Gründung und Entwicklung von amnesty international

1961 hatte der englische Anwalt Peter Benenson vor den Gerichten vieler Länder politische Gefangene zu vertreten und dabei erkannt, daß er allein nur einem kleinen Kreis von Männern und Frauen helfen konnte, die wegen ihrer politischen und religiösen Überzeugung verfolgt wurden. Er richtete in London ein Büro ein, das Nachrichten über politische Gefangene sammelte und für sie Hilfe organisierte. Innerhalb von zwei Monaten hatten Vertreter von fünf Ländern die Grundlagen für eine internationale Hilfsorganisation gelegt.

Heute umfaßt amnesty international mehr als 41'000 Einzelmitglieder in 57 Ländern. Es gibt in 32 Ländern ai-Sektionen. Allein in der Bundesrepublik arbeiten rund 530 amnesty-Gruppen. Amnesty international besitzt beratenden Status beim Europarat und den Vereinten Nationen. 1974 betreute ai 3'640 Häftlinge in allen Ländern der Welt. Sie leitete ferner eine weltweite Kampagne zur Abschaffung der Folter ein.

Arbeitsweise von amnesty international

Das Zentralbüro in London (Internationales Sekretariat amnesty international, 53 Theobald's Road, London WC1X 8SP) erfährt von einer neuen Verhaftung und prüft den Fall. Liegt ein Verstoß gegen die Menschenrechte vor, so wird der Gefangene von einer amnesty-Gruppe «adoptiert»; die Bemühungen um seine Freilassung beginnen.
Die Gruppe versucht durch Kontakte zu Regierungen, Botschaften, Behörden, Berufsorganisationen auf die Freilassung hinzuwirken. Sie drängt auf die Abhaltung eines fairen Prozesses. Sie stellt und finanziert

177

einen Verteidiger, unterstützt die Familienangehörigen finanziell und moralisch.

Publizität ist eine der wirksamsten Waffen in den Händen von amnesty international. Keine Regierung setzt sich gern dem Vorwurf aus, sie verletze die Menschenrechte. Die Gruppe informiert daher die Massenmedien und ersucht einflußreiche Persönlichkeiten um Intervention.

Diese Arbeit hat Erfolg: 1974 wurden allein 1'403 der von amnesty betreuten Gefangenen freigelassen. Für andere wurden die Haftbedingungen verbessert. Doch die Zahl der Gefangenen nimmt ständig zu. Amnesty international ist daher auf Mithilfe und Spenden angewiesen.

Mitarbeit bei amnesty international

Jeder kann Mitglied von amnesty international werden, der bereit ist, ehrenamtlich und unvoreingenommen an der Hilfe für die politischen Gefangenen mitzuarbeiten.

Man kann einer am Ort bestehenden Gruppe beitreten oder selber eine Gruppe gründen. Die Gruppen umfassen meist fünf bis fünfzehn Personen. Jede betreut drei Gefangene, und zwar aus Gründen der Neutralität einen aus dem Westen, einen aus dem Osten und einen aus der Dritten Welt. Der monatlich versandte Rundbrief vermittelt den Gruppen Informationen und gibt ihnen Arbeitsmaterial.

Ob am Ort bereits ai-Gruppen bestehen, erfährt man

am besten, indem man sich an die nationalen Sektionen von amnesty international wendet:

In der Bundesrepublik:
amnesty international
Sektion der Bundesrepublik Deutschland e.V.
D - 2 Hamburg 52
Beselerstraße 8

In der Schweiz:
amnesty international
Schweizer Sektion
Postfach 1051
CH - 3001 Bern

In Österreich:
amnesty international
Österreichische Sektion
Braungasse 45 A
A - 1170 Wien

In Luxemburg:
amnesty international
Luxemburg a.s.b.l.
Boîte postale 1914
L-Luxembourg

Der Autor dankt

Michael Bauer
Waltraud Ernst
Sepp Bergmeister
Inge Huber
Liz und Judith Haarpaintner
Peter Michael Klauer
und
Antje Spranger
dafür, daß sie ihn in den Kreis der ai-Gruppe 451 in
Rosenheim bereitwillig aufnahmen und bei der Arbeit
an diesem Buch unterstützten.
Ihnen und allen, die für amnesty international arbei-
ten, ist dieses Buch gewidmet.